빨간 신오능

The Red Signal

홍혜선

Hae Sun Hong

순종과 자유의지 사이에서

Between Obedience and Freewill

빨간 신호등

The Red Signal

홍혜선

Hae Sun Hong

www.bookstandpublishing.com

Published by
Bookstand Publishing
Morgan Hill, CA   95037
4103_4

ISBN 978-1-61863-795-6

Printed in the United States of America

1

"너 미쳤어? 엄마가 빨간 불에 건너면 안 된다고 그랬어, 안 그랬어? 방금 너 죽을 뻔 했잖아! 차에 치어서!"

"아...진짜...이 손목 좀 놔...아파...놓고 얘기 하라구..."

"지금 엄마가 네 손목 놔주게 생겼어? 이 녀석아! 너 도대체, 왜 그래, 응?

너 몇 번째니? 너 이 엄마 미쳐서 죽는 꼴 보고 싶어? 어?"

엄마는 쎄게 조나의 엉덩이를 손으로 후려쳤다, 연속 세 번을.

"엄마, 여기 미국이야, 그리고 난 이제 겨우 일곱 살이라고. 지나가다 폴리스라도 보면 어쩌려고 그래? 엄마 경찰에 잡혀가고 싶어요?"

조나는 엄마가 꽉 잡고 있는 그의 손목에 온갖 힘을 다해서 하나씩 엄마의 손가락을 펴서 풀려 한다.

"경찰? 그래 너 말 잘했다. 넌 겨우 미국 나이로 일곱이고, 난 널 보호할 법적인 의무가 있는 엄마야.

알겠어? 네 친엄마라구! 일곱 살이면, 애답게 좀 행동
할 수 없어? 너처럼 맨날 기회만 되면 빨간 신호등에
뛰어드려는 아이를 누가 안 때리겠어? 폴리스? 오라
그래! 엄만 겁 안나! 네가 색맹이야? 왜 파란 불에
안가고 빨간 불에만 뛰어드는 거야?!"

　"엄마! 말씀 좀 정확하게 하실 순 없나요? 왜
자구 초록색 보고 파란 불이라고 해요?"

　"뭐?"

　"그리고, 그건 제 맘이잖아요? 내가 초록색
신호등불에 걷던, 빠알간 색 불에 걷던, 그건 저의
자유라고 생각하는 데요. 왜 엄마가 나한테 이래라
저래라 하는지 난 이해가 사실, 잘 안가요."

　"뭐라고?"

　"헤이, 조나! (Hey, Jonah!) 일어나! 샌드위치 왔어!
빨리 일어나라고!, 안 그러면 오늘도 쌩 굶게 된다고!"

　조나는 홈레스(Homeless), 노숙자가 되고 나서는
매일매일 엄마한테 혼 났던 이 꿈을 꾼다. 그리고 천사
같은 저 예수장이라는 사람들이 고맙게도 매일같이
작은 물병 하나와 햄과 치즈와 머스타드가 들어간
샌드위치을 전달 해 주러 이 오줌 냄새 나는 골목에
오면, 늘 조나의 옆자리에서 회색 텐트를 치고 자는
흑인 친구가 자고 있는 조나를 깨워 준다.

어제도 역시 조나는 리쿼어 스토어에서 러시아인들이나 좋아하는 보드카를 한 병 다 비우고 자서, 속이 쓰리다. 노오란 계란이 흐트러진 북어국이나 김치와 콩나물 넣고 끓인 시원한 김치국이 그립다. 그래도 저 빵이라도 먹어야지 안 그러면 머리가 빙글빙글 현기증에 길거리에서 영양 실조로 죽기 딱 쉽상이다. 좀 더 몇 블락을 걸어가면 홈레스를 위한 쉘터가 있기는 하지만, 몸에서 냄새 나는 사람들이 몇 백 명씩 함께 모여서 자는 것도 괴롭고, 남들의 주절거리는 그네들 인생에 대한 넋두리를 들어 주는 것도 이젠 지겨우며, 가끔씩 마약 중독자들이 들이대는 마리화나를 거절하기란 여간 힘들지 않아서 일부러 쉘터에서는 가서 자지 않는다. 그리고 저녁 7시까지 들어오라는 명령에 순순히 따르는 것도 역시 조나의 성격과 체질에는 맞지 않는다.

"오늘은 왠 일이야...샌드위치 안에 오이랑 토마토도 들어갔네?" 흑인 친구 샘이 흐뭇해 하며 말한다.

"아...씨, 하나 더 달라 그럴걸…맛있네....조나! 네가 코리언(Korean)이니까 다음에 그 여자, 목사 와이프인지 전도사오면 하나씩 더 달라 그래, 알찌?"

"싫어, 왜 내가 하냐? 네가 해 임마!"

"아...자식...거 되게 팅기네...? 조나, 넌 그래도 여기 노숙자 마을에서 네가 제일 인물 짱인거 알아, 몰라? 잘생긴 얼굴 뒀다가 뭐하냐?"

"아....근데 왜 이렇게 춥지? 벌써 겨울이 올라나?"

홈레스들에게 가장 두려운 것이 있다면 그건 혹독한 추위다. 그래도 조나가 지금 머무르고 있는 이 켈리포니아는 저 동부 뉴욕이나 뉴저지에 비하면 천국이다. 딱 석 달 정도, 그러니까 11월 하반기부터 12월, 1월 그리고 2월 초까지만 잘 버티면 최소한 얼어서 죽지는 않는다. 그리고 운만 좋으면 추수감사절 때나, 크리스마스 때에 얇은 담요를 가져다 주는 교회 단체나, 사회 단체가 있어, 텐트 안에서 그 담요와 겨울 사리를 할 수 있는 것이다. 언제부터인가 이슬람교 사람들도 와서 이것 저것 볶은 밥과 필요한 것을 나누어 주니, 점점 홈레스 생활이 윤택 해 지는 것 같다. 그래서 크리스천인지, 이슬람교인지 고맙다고 인사 할 때는 물어본다.

"어느 조직에서 왔어요?"하고 말이다. 어느 쪽에서 왔건 간에 여하튼 '신'이란 존재가 있기는 있나 보다. 이렇게 근근이 나마 연명할 수 있게 해 주니 말이다.

조나는 자신이 이렇게 거리에서 살게 될 줄은 꿈에도 생각지 못했다. 그것도 미국이라는 선진국에서. 그리고 정부에서 매달 220불씩 보조금도 준다. 정신에 약간 문제가 있는 로마 카톨릭 성당 문 앞에서 자는 마이크라는 남자 아이는 정부로부터 한 달에 자그마치 940불이나 받는다. '씨이...나도 정신에 좀 문제가 있다고 할 걸 그랬나?'라고 조나는 가끔 생각한다.

"야, 샘!"

"응?"

"그 새끼 말야.."

"누구?"

"그 마이크라는 녀석.."

"어-, 키 자그만한 애?"

"그래."

"마이크가 왜?"

"그 새끼 미친 거 아냐? 나라에서 한 달에 900불 넘게 꼬박꼬박 받으면서, 왜 아파트도 얻지 않고, 왜 성당 밖에서 자냐, 맨날? 똘아이 아니야?"

"그 돈으로 마약 하겠지, 뭘. 그러니까....그러는 거 아냐?"

샘이 아까 샌드위치 먹을 때 일부러 조금 떼어둔 햄을 자기가 분신처럼 아끼는 치아와 강아지에게 먹여주면서 대답했다.

"아니야, 걔 마약 안 한다고 했어. 야, 걔 있잖아 매일매일 짐(Gym)에가서 운동도 하고, 뜨거운 자꾸지(Jacuzzi)에도 들어간다니까!"

조나가 마치 형사가 범인의 일상생활을 찢어진 그림 조각을 이렇게 저렇게 맞추듯이 마이크의 인생에 관심을 갖기 시작했다.

"그래? 그 마이크 녀석 귀족이네, 그럼?"

갑자기 LAPD (LA 경찰) 차가 그들의 마을을 천천히 순회한다. 이 골목에는 약 45명 정도가 진을 치고 살고 있다. 어떤 이는 바닥에 널빤지와 그 위에 이불을 깔고, 어떤 이는 낚시 할 때에 가서 쓰는 텐트를 치고 그 안에서 먹고 자고 하며, 가장 신내기들은 아직 산림이 부족하여서 랄프스(Ralphs)나 봉즈(Vons) 슈퍼마켓에서 슬쩍 가져온 카트에 자신의 옷가지와 수집한 리싸이클(재활용) 빈 병들, 이것 저것 소중한 물건들을 카트(cart) 밖으로 떨어지지 않게 조심해서 가지고 그 골목의 한 자리에 파킹해 두면서 "여긴 내 자리"라는 표시를 해 둔다. 그럼 그 자리는 그의, 또는 그녀의 자리가 되는 것이다. 감사 한 것이 처음엔 이미 오랫동안 그 골목에서 자리 잡고 있는 성격이 깐깐한 노인네 몇 명을 제외하면 그래도 왠만큼 완만한 성격의 소유자들이다. 아무도 자리 세를 내라는 둥, 세금을 걷는다는 소리가 없어 좋고, 한 달에 다달이 내어야 하는 전기세나 방 렌트비(방세)를 안 내어도 되니 그런 부분에 있어서는, 이 곳은 지상 낙원이다. 적어도 그들에게 있어서는 말이다.

돈 벌어오라고 볶아대는 여편네들도 없고, 술 좀 작작 마시라고 바가지 긁는 식구들도 없어 좋고, 퍼져서 내리 잠자고 싶으면 누구의 방해도 없이 실컷 잘 수 있어서 따봉이고, 너의 수입은 얼마이고 나의 샐러리는 얼마이고 비교 대상에 안 들어 가니 그 자유 또한 예술이며, 이 직장에서 잘릴까봐 뭐 같은 상사에게 굽신거리거나 비유 맞추지 않아도 되니 정신 건강과 양심에는 이 생활이 아주 최고인 것 같다. 적어도 이들에게는 말이다. 그런데 한 가지 이따금씩 불편한 긴장감을 주는 존재가 있다면 그건 짭새, 경찰이다. 규율인지 자기들 마음인지 가끔가다가 며칠 내로 짐을 가지고 이 골목에서 사라지라는 엄포령을 내린다. 그럼 이들은 짐을 가지고 진짜로 LAPD가 명령 한대로 자리를 비워주었다가는, 다시 술술 이 마을을 그들의 웃음 소리와 홈레스 특유의 안 씻은 냄새,

7

그리고 바지에 소변을 지리어서 그대로 말라버린
바지에서 나는 특허 방어용 지린내, 가끔가다가 젊은
남정네들의 화를 돋구는 늙은 할머니의 깐죽거림에서
발생해 버리는 싸움박질이 어느새 그 동네를 그들만의
아지트로, 아니 삶의 공간으로 색칠 해 버린다. 그러면,
특별히 시에서 엄격한 재 명령이 없는 이상, 다시
그들의 보이는 또는 보이지 않는 파워에 그 자리는
그렇게 다시 전 장면으로, 되돌려 감기가 된다. 마치
자동 비데오, DVD 플레이어다.

　　"안녕하세요! 경찰 어르신들! 오늘도 좋은 하루
보내세요!"

　　이 마을에서 가장 오랫동안 이 곳을 지켜온
그야말로 터주대감 리차드 백인 할아버지가 먼저 선수
치면서 재빠르게 그의 믿음이 가는 백인의 특유의 영어
톤으로, 그리고 선량한 시민처럼 보이는 깨끗한 얼굴로
이곳에 있는 전체 홈레스들의 대표인사를 날린다.

　　'안녕하시죠? 경찰 어르신들?' 속에는, '우리
여기서 쫓아 내면 갈 데 없는 거 알죠?'라는 약간의
아부성과 동정 유발이 들어있다는 것을 LAPD(LA
Police Department)도, 그 길가의 거주자들도 안다.
말은 안 해도 다 안다. 고도의 세련된 의사소통이
일순간에 오고 가는 것이다. 어쩌면 이들의 센스는

보통 사회에서 소위 엘리트라는 자부심을 가지고 여러 전문 분야에서 종사하고 있는 사람들보다 더 눈치도 빠르고 인생 적응 능력도 이만저만 한 게 아니다. 만약, 언젠가 이 세상이 전쟁과 기아와 혼돈의 시대가 온다면, 이들이 아마도 길거리에 나가 앉게 되는 사람들을 위로하고, 살아가는 방법을 가르쳐 줄 수 있는 리더들 중의 리더가 될지도 모르겠다.

리차드 대표 할아버지의 인간미가 넘치는 인사를 공짜로 받은 경찰차는 조용히 그 스트리트를 밟고 지나갔다. '휴...다행이다'라는 공통된 마음의 언어가 그 시간에 깨어있던 홈레스 주민들의 소리가 나지 않는 박수를 치는 듯하다.

이 곳의 거리의 주민들이 리차드 할아버지를 존경하는 진짜 숨은 이유가 또 한가지 있다. 그것은 리차드 할아버지는 미국에서 경찰대학교를 졸업 한 사람이라서 법도 많이 알고, 유식하고도 현명하고 지혜롭게 이 거리의 사람들을 감싸준다. 그래서 이 곳 사람들은 누가 어디서 맛있는 음식을 받아오거나 좋은 뉴스거리나 걱정거리가 있으면 그에게 와서 함께 나눈다. 그것이 하나의 자연스러운 윤리이자 관행이 되어왔고, 아무도 이렇게 리차드 할아버지가 사람들의 애정을 받는 것에 대해서 인종차별이라느니 백인의

9

독재라느니 생각 하는 이가 한 명도 없다. 왜냐하면, 이들도 문화적으로, 또는 사상적으로는 자유주의, 마치 현대 21세기의 넝마주의, 집시들일지는 모르나 그들도 역시 다른 사람들처럼 누군가로부터 보호를 받고 싶어하는, 사랑에 목말라하는 약한 인간들이기 때문이다.

　　오늘도 아무일 없이 하루가 조용히 지나갔다. 바람이 좀 쌀쌀하긴 해도 이 곳에서 이렇게 바닥에서 잔다하더라도 내쫓김을 당하지 않고서 살 수 있는 것에 이 거리의 주민들은 감사해 한다. 공평도 하지. 오늘은 저 높이에 뜬 달이 화려하게 이 마을과 사람들의 잠자리를 비춰준다. 그리고 이웃이 아닌 낯선 사람들이 이 길을 지나 칠 때는 언제나 이곳의 네 마리의 파수꾼 개들이 짖어댄다. 이 스트리트에 익숙하지 않은 사람들은 이 개들에게 환영 받지 못한다. 왜냐하면 이곳은 이들이 있을 수 있는, 사람 사는 곳이기 때문이다. 비록 벽도 없고 천장도 없는 뻥 뚫려있는 인테리어이지만, 확실히 이 곳에는 사람 냄새가 난다. 정성이 담긴 샌드위치가 오면, 친구가 놓치고 못 먹을 까봐서 술에 골아 떨어져 자는 조나와 다른 이웃들을 깨우는, 그런 기본적인 인심과 관심이 이 차가운 시멘트 바닥을 온돌방처럼 오늘도 대펴 준다. 오늘

샌드위치는 조나가 좋아하는 토마토가 들어가서 특히
맛있었는데, 양겨자가 좀 많이 들어가서 아직도 위에서
신물이 나온다.

'헬레나라고 했던가?'

그녀가 언제나 샌드위치와 물병을 이 길 처음에서
끝까지 나누어 주고 나서는 항상 하는 행동이 있다.
차에 타면서 문을 닫고 "내일 봐요"라고 하고는 급히
윈도우를 올리면서 그 큰 눈에서 나오는 눈물을 누가
볼세라 급히 얇은 흰 손등으로 훔쳐내는 것이다.
오늘도 조나는 그녀의 눈에서 흘러나오는 눈물을
훔쳐보았다.

'왜 울까?'

조나는 그것이 궁금하여 이상하게 오늘 밤은 잠이
오지 않을 것 같은 느낌이 든다. 내일은 그녀가 이
곳을 방문할 때, 용감하게 물어볼까를 생각 해 본다.

"왜 갈 때쯤이면 항상 살짝 울어요? 내가 다
봤는데..."

아니다. 잘못 물어 봤다간 이 거리의 사람들의
식량이 끊기게 되면, 그건 너무나도 큰 죄악일 것이다.

조나는 다시 생각 해 본다. '우리들이 이 곳에
이렇게 사는 것이 불쌍해 보이나?'

"마스터드, 양겨자를 조금만 넣으면 더 맛있을 텐데..."라고 말할까?

아니다. 그러다간 그 천사가 이 곳을 찾아오지 않으면 또다시 옛날 어렸을 때처럼 빨간 불에 뛰어들고 싶은 충동이 또 일어 날것만 같다라는 생각을 그는 해 본다.

오늘은 꿈에서 어렸을 때 엄마에게서 혼난 그 꿈 말고 헬레나라는 천사와 대화를 좀 하는 꿈을 꿨으면 하고 그는 바래본다. '빨간 신호등 불에 뛰어들면 엄마가 미칠 것 같이 속상하다'라는 대사가 너무 그의 가슴을 뚫어 버려서 때로는 감당하기 힘든 꿈인 것이다.

그러나 그래도 그는 여전히 엄마가 그립다. 보고 싶다.

지금 엄마는 살아 계실까? 조나는 늘 그것이 궁금하다. 그 때 엄마랑 같이 살 때 엄마가 하라는 데로 할 걸 괜히 객기 부리듯이 제멋대로 산 것이 후회가 된다. 그도 자신이 알고 있는 것이, 어린 아이 때도 어린 아이 같이 굴지 않았고, 모든 것을 다 아는 것처럼 말하고 행동했었다. 마치 이 세상의 이치를 다 깨달은 철학자처럼 말이다. 그가 어릴 때부터 그의 어머니와 헤어지게 될 때까지 참으로 교만했고 지지리도 그의 엄마의 말을 안 들었던 것이 이제는

되돌릴 수 없는 지나간 전차가 되어버렸고, 어떤
때에는 그가 숨을 쉴 때 왠지 답답하고 어디 쥐
구멍이라도 있으면 들어가고 싶을 정도로 왠지 뭔가가
무지무지하게 창피하다.

　인생이라는 것이 이렇게 흙마를 타고 저 높은
바위가 거칠게 삐죽삐죽 튀어나와 있는 절벽을 향해
산을 달리는 것처럼 이다지도 순식간에 지나가 버릴
줄은 상상도 하지 못했다.

　'다시 인생을 살아보고 싶다.'

　조나는 오늘도 속으로 읊조린다.

2

"일어나, 조나! 닭고기다! 일어나, 야! 빨리!!"

벌써 아침이다. 어제는 술을 살 돈이 없어서 아무 술도 못 마셨는데, 알코올 끼가 없어서인지 왠지 오늘 조나의 몸이 가뿐하다. 이래서 사람들이 술을 마시지 말라고 하나보다. 상쾌한 아침 찬 공기에, 따스한 햇살이 보통 때보다 더 유난히 이 길을 비춰준다. 그리고 왜 그런지 오늘 여기에 모여 사는 모든 이들에게 기대치 않았던 좋은 일들이 일어날 것만 같은 좋은 느낌이 든다. 이런 기분은 정말 오랜만에 조나를 찾아온 것 같다. 분명, 어제도 꿈에 엄마로부터 빨간 불에 길 건너지 말라는 소리를 들은 것 같다. 근데 그 여자 천사 생각을 하다 늦게 잠이 들어버려서, 덕분에 잠을 오히려 깊이 잤다.

"왠 닭고기야?"

"아, 이 새끼...넌 미국에서 뼈를 묻고 살면서도 모르냐? 며칠 후에 추수감사절이잖아. 미리 사람들이 와서 주는 거야. 자, 빨리 먹자. 와-- 호박(Pumpkin) 파이도 있네?"

15

"원래는 칠면조 먹는 거잖아?"

조나가 하품을 하면서 오른 손으로 배 가죽과 뒷목덜미를 긁으면서 잠을 깬다.

"야, 칠면조는 요리하려면 오래 걸리잖냐....누가 우릴 위해서 다섯 시간씩 터키를 굽고 앉아 있겠냐? 이것도 감지덕지지, 자아식...닭고기가 더 부드럽고 맛있어. 아직 뭘 모르는구만!"

리차드 할아버지가 콜라 캔 다발을 이 쪽으로 갖고 온다. 그리고는 하나씩 나누어 준다.

"너네 혹시 소크라테스가 마지막에 뭐라고 말하고 죽었는지 알아?"

"소크라테스요? 아---그 '너 자신을 알라'고 말한 사람요? 뭐 라고 했는데요?" 샘이 닭다리에 붙어있는 살과 양념이 짭잘하게 잘된 튀김 옷을 게걸스럽고도 복스럽게 발라 먹으면서 대답했다.

"닭 한 마리 꾼 것이 있는데 내 대신 갚아달라고 했지."

"정말요? 하하하하하하하하...아니 그 유명한 철학자가요? 야, 진짜 웃기다."

조나는 갑자기 그의 마지막도 어쩌면 리차드 할아버지의 말과도 같이 죽기 전에 '내가 꾼 닭 한 마리 대신 갚아달라'고 유언하는 한 인간에 지나지 않을 거라는 현실적인 장면이 그냥 스쳐지나 갔다.
그는 언제나 그의 인생이 다른 사람과는 다른, 아주
특별한 것이 될 줄 알았었다. 그래서 일부러 엄마가,
또 주위의 사람들이 살라고 하는 것에 반대로, 일부러
다른 길을 선택 해 왔었다. 그런데, 슬슬 '그것이 과연
잘 한 짓이였나' 하는 궁금함과 동시에 결과는 언제나
과정과 함께 영향을 받고 그에 따라서 인생의 행로
또한 달라지는 것이 조금씩, 조금씩 그를 인식의
세계로 스며들게 한다. 그래서 그것을 깨닫는 것이
그가 누려왔던 제 멋대로의 삶이 이미 시냇물에 휩쓸려
저 만치 떠내려간 운동화 한 짝을 바라보고 있는
기분이다. 그런데 그 점점 멀어져 가는 운동화를
잡으러 그의 양쪽 바지를 걷어 부치고서 물결이 세지고
있는 시냇물의 아래쪽으로는 달려가고 싶지 않다.
이것이 자존심일까? 아님 그의 자유 근성이 아직도
고개를 빳빳이 들고 있는 것인가?

그도 사실은 이제 이 삶에 지쳤다. 그냥 빨리
마무리하고 싶기도 하다. 다시 잘 살아보고 싶은
마음과 그냥 빨리 대충 살아버리고 싶은 이 두 가지
마음이 언제나 내심에서 싸운다.

누가 이길까?

"어---어---쓰러졌다! 샨이 또 발작하네! 야! 911 불러! 빨리!"

샨은 알코올중독자로 유럽에서 온 노인네인데, 매일 '크리스탈'이라고 쓰여진 1.2리터 투명한 물병 안에 오렌지 쥬스와 보드카를 섞어서 마치 남들이 볼 때는 쥬스를 마시는 것처럼 보이게 하지만 사실은 대단한 술쟁이다. 그런데 가끔 저렇게 발작을 일으켜서 옆에 있는 사람들이 911 구급차를 불러주지 않으면 발작 중에 몸이 마비되어서 자칫하면 그냥 저 세상으로 갈 수 있는, 앞을 예기치 못하는 건강 상태를 가지고 있다. 그래서 이렇게 발작하면 거리의 이웃들이 앰브란스를 불러주고 가끔가다 병원에 가서 신세를 지고 오기도 한다. 언제나 무슨 일이 일어날지 모르는 다사다난한 특별 마을이다. 샨 말로는 본인의 트러스트(Trust) 구좌에 돈이 좀 있다고는 하는데, 진짜인지 아닌지는 아무도 모를 일이다.

땅에 갑자기 눕게 되면서 오른쪽이나 왼쪽이 마비가 되면 손이 꽈배기처럼 꽈 지면서, 숨을 못 쉬게 된다. 샨이 쓰러질 때마다 마치 주치의들처럼 전화를 가지고 있는 사람이 911을 부른다. 그래도 언제나 여름 때를 제외하고는 털실로 짠 모자를 쓰고 있으니,

땅바닥으로 넘어지거나 쓰러지더라도 머리에 상처가 잘 안 나겠금 보호가 된다.

이 거리에 살면서 비록 파아란 코발트색 플라스틱 천막을 덮고 시멘트 바닥에서 매일 밤 잠을 자지만, 어쩌면 언제라도 그의 고질병인 발작에 대비하여, 이렇게 지켜봐 주는 고마운 이들이 있으니, 만약에 진짜로 샨이 트러스트 구좌에 생활비가 넉넉히 있다손 치더라도, 옆에 그를 지켜보아 줄 사람이 없다면, 어쩌면 그에게는 이 길가에 산림을 차리고 사는 것이 들 외로울지도 모를 일이다. 그래서 그가 예고도 없이 이렇게 쓰러질 때면 재깍 본인의 일처럼 전화를 걸어주는 생명의 은인들을 가지고 있는, 사람 부자일련지도 모르겠다.

어느새, 911 빨간 구급차가 와서 신속하게 그를 태우고 병원으로 향했다. 평소에는 의자에 다리를 꼬고 앉아서 담배 하나 꼴아 물고는 공짜 영어 잡지나 신문에 있는 가로세로 단어 맞추기를 좋아하는 샨 노인이, 이렇게 횡하니 구급차를 타고서 사라져버리면, 그걸 바라보는 사람들은, 평소에는 하나도 예쁜 짓을 하지 않는 이웃이라서 별로 관심이 없다가도, 왠지 떠난 그의 빈자리에 돌돌 말아 구겨있는 천막과 땅 바닥에 넘어져 있는 의자를 보면, '혹시 이번에 샨이 살아서 돌아 올 수 있을까' 하고 다들 내심 걱정하고 궁금 해 한다. 그래. 샨은 비록 여기가 쌀쌀하고 추워도 말없이 은근히 신경 써주고 관심 가져 주는 이들의 조용한 사랑을 혼자서 몰래 받고 있었던 것일지도 모른다. 얄미운 샨 노인네. 평소에는 그렇게 무뚝뚝하면서 꼭 이렇게 우리들을 걱정시킨다. 이 바보 같은 노인네 같으니. 살아서 돌아오지 않기만 해봐라....라고 다들 벌써부터 그를, 샨 노인네를 기다리기 시작한다.

그런데 오늘은 이상하다. 그 여자 천사가 샌드위치를 가지고 함께 오는 배가 개구리처럼 볼록 튀어나온, 나이 많은 목사와 함께 아직도 오질 않는다. 올 시간이 훨씬 지났는데 말이다. 조나는 생각한다. '내가 양 겨자가 너무 많이 들어 갔다고 불만을 털어 놓지도 않았는데, 그리고 왜 갈 때쯤이면 항상 몰래 우냐고 안 물어 봤는데...왜 안 오지?'

가만히 생각 해 보면, 그 여자 천사의 눈에서 나오는 눈물과 조나의 엄마가 언제나 위험하게 빨간 신호등불에 뛰어드는 그를 막으면서, 또 때리면서 흘러 나왔던 엄마의 눈가를 타고 쏟아졌던 그것과 매우 비슷하다는 것을 갑자기 느꼈다. 눈물. 그래 흡사한 눈물이다. 엄마의 것은 이해가 조금 갔으나, 그 여자 천사의 것은 이해가 아직도 잘 안 간다. 왜 빵 주고 떠날 때 그녀는 울까? 그리고 왜 오늘은 코빼기도 안 보이는 걸까? 이젠 안 오기로 했나? 보통 음식 갔다 주는 그런 나이 먹은 교회 아줌마들하고는 차원이 다르던데...살짝 꽃 향기가 나는 향수 내음도 그렇고, 화장을 하나도 안 한 애 띤 하얀 얼굴도 그 교회에 가서 설교든 뭐든 들어 볼까도 망설이게 했던, 오랜만에 샨의 가슴을 살짝 흔들어 놓은 아가씨였는데....오늘, 젠장, 그녀가 안 나타난다. 교회가 어딘지 물어나 볼걸. 역시 난 게을러서 안 된다고 조나는 자신을 자책한다. 옛날에 한국에서 학교에서 국어 시간에 배운 '나무꾼과 선녀' 이야기가 생각난다. 선녀가 하늘 옷을 입고서는 그냥 날아가 버린...그런 느낌이다. 젠장…갑자기 조나는 소주가 먹고 싶어진다. 누가 오늘 소주나 안 사주나? 소주나 팍 마시고 쓰러져서 자면 딱 좋겠는데 말이다. 주머니가 텅텅이다. 정부 첵크(수표)가 나오려면 앞으로 일주일은 더 있어야 하는데....

그렇다고 소주 몇 병 값이 없다고 리코아 스토아를 털 수도 없고 말이다. 고민이다.

"야! 조나! 샘! 잘 있었냐?"

LA에서 조나가 제일 좋아하는 한국 아저씨다. 4. 29 LA 폭동 때 건물 하나 소유하고 있던 것이 다 불에 타고, 보험회사도 파산을 해 버리자, 이 아저씨의 아내는 자살을 했고, 그 충격으로 매일 매일 맥주 5캔이나 소주 두 병씩 마셔대는 이 아저씨는 홈레스계에서 인심 좋기로 유명한 사람이다. 대학교도 한국에서 일류는 아니지만 2류의 토목학과를 나오셨고, 그런데 이가 몇 개 빠져서 발음이 잘 정확히 안 들리지만, 정말로 의리 있는 한국 아저씨라서, 늘 조나는 이 아저씨를 만나면 마치 로또 번호가 몇 개 맞아서 몇 십불 정도는 건진 듯한 기분이다.

"어! 아씨! 왠 일이에요? 하! 하! 하!"

"뭐 왠 일은 임마! 너 보려고 왔지! 하이, 샘! 잘 있었어?"

"어! 정말요? 진짜 오랜만이다, 아씨!"

"야, 조나! 일어나, 가자!"

"어디요?"

조나는 일어나면서 엉덩이를 턴다.

"어디는 어디야.. 야 빨리 타!"

오늘은 왠지 좋은 일이 생길 것 같다는 예감이 맞아 떨어졌다. 역시.

조나는 박씨 아저씨의 하얀 큰 밴을 오랜만에
타본다.

"야—여전히 이 차는 잘 나가네요?"

"그럼 임마! 나처럼 아직도 생생해. 잘 있었어?"

"네...아, 진짜 너무 오랜 만이다, 아씨!"

조나는 갑자기 그냥 눈시울이 뜨거워진다. 전에
마지막으로 박씨 아저씨가 한인 타운에 있는 술집
앞에서 조나와 라틴계의 깡패 남자가 싸움이 붙었을 때,
박씨 아저씨가 절묘한 타임밍으로 경찰이 조나와 그
히스패닉 갱의 싸움을 멀리서 보고 와서 체포하기 전에
조나를 본인의 밴에 태워서 감옥에 가는 것을 면한
적이 있다.

조나는 약 15년 동안 이 곳 미국 감옥에서
살았기 때문에, 만약 이번에 또 들어가면 감옥에서
평생 살게 된다.

"너 좀, 말랐다. 왜 잘 못 먹었어?"

"저요? 그래요?"

"그래...이 녀석.. 또 맨날 술 먹었지 뭐...안 봐도
빤해."

"헤헤헤...그래도 전보단 술 많이 안 먹어요. 아---
근데 오늘은 왠지 진짜 술 고팠는데, 아씨가 와서 진짜
너무 행복해요."

23

조나는 일곱 살에 한국에서 이곳 미국으로
왔는데도 한국말을 잊어버리지 않았지만, 발음이 딱
재미교포 발음이다. 한국말이 발음하기 매우 어려울
텐데도 열심히 박씨 아저씨 앞에서는 꼬박꼬박
존댓말도 쓰고 한국말로 이야기 하려고 애 쓴다.

박씨는 차를 어느 허름한 LA 다운타운에 있는
아파트 앞에 새운다. 렌트가 한 500불에서 600불정도
될 만한 고풍적인 붉은 벽돌로 만든, 주로
히스패닉들이 많이 사는 오래된 스타일이다.

"내려!"

"여기가 누구 집이에요?"

"자, 들어가자."

박씨는 주머니에서 열쇠가 한 대 여섯 개 달린
체인을 꺼내더니, 잘 안 보이는지 한 손으로 안경을
치켜 세우고 한참을 고르더니, 현관 키를 찾아서 문을
열고 조나를 데리고 들어갔다. 들어가니 층계가 바로
앞에 있고, 벽은 좀 칙칙하지만, 그래도 아파트
매니져가 깨끗하게 관리하는지 냄새는 나지 않았다.

"올라와"

조나는 박씨를 따라 올라갔다. 2층으로 따라
올라가자 멕시칸 중년 남자 서 너명이 층계 옆의 벽에
기대어 서서 코로나 맥주 병을 마시면서 이야기를

나누고 있었고, 그 층계 옆쪽으로 연결 된 아파트
하나는 문이 열려 있었다. 그 문 안으로는 라틴계의
할머니와 남녀 어린 아이들이 식탁에 앉아서 식사를
하고 있는 것이 보였다. 조나는 그 장면을 보고 전에
조나의 엄마와 외할머니와 다 같이 한 집에서 살 때
언제나 주일마다 할머니가 해 주던 불고기를 먹던 때가
문득 떠올랐다.

'그래.. 나도 저런 가족이 있었는데..'

조나는 갑자기 그 라틴계 가족이 부럽다. 비록
가난 해 보일지는 모르나, 뭔가 풍성한 웃음과
안정감이 그 열어 놓은 문 사이로 새어 나왔다.

"여기다. 들어와" 박씨 아씨는 자신의 아파트
유닛의 문을 열면서 조나에게 말했다.

"와! 여기가 아씨 새 아파트에요? 근사하네요?
여기 아씨집 맞죠?"

박씨 아저씨와 어떤 아줌마가 같이 찍은 사진이
키친에 있는 냉장고 냉동실 칸 위에 바둑 알만한
동그란 자석으로 붙여 있다. 그런데 놀랍게도 아저씨와
같이 찍은 사진 속의 아줌마는 한국 사람이 아니라
멕시칸 여자 같이 보인다.

"아씨, 이 여자 분은 누구에요?"

"자아식, 눈치가 백 단이야...하여간. 내 새
마누라야. 결혼했어 석 달 전에."

"어! 정말요? 와...축하해요, 아저씨!"

"축하는 무슨...자, 앉자!"

박씨는 약간 수줍어하며 살짝 얼굴 빛이 붉어졌다.
역시 남자는 나이가 들어도 장가를 갔다는 것이 본인을
남자로, 그리고 한 가정을 이끈다는 것이 남자다운
남자로 만들어 주는 묘한 에너지를 주는가 보다.

"커피 마실래? 아니면 한 잔 할까? 어때?"

박씨는 부엌 싱크대에서 손을 씻고는 냉장고 문을
열고 조나에게 대접 해 줄 것을 찾아보면서 묻는다.
박씨의 아내 수잔나가 만들어 놓은 음식들을 죄다 식탁
위에 올려 놓는다. 토마토와 양파, 실란초를 넣어 만든
살싸 소스에, 옥수수로 만든 멕시칸 스타일의 얇은
또띠아와, 닭 가슴살을 메콤하게 양념 해서 구워 놓은
것을 꺼낸다.

"어! 이거 꺼내다 보니 다 술
안주감이네...안되겠다. 한 잔 해야 되겠다, 조나. 응?
어때?"

"좋죠...그렇지 않아도 오늘 한 잔 하고 싶었어요.
야...역시 아씨가 최고에요."

박씨와 조나 사이에는 공통점이 몇 가지 있다.
그래서 둘은 소위 코드가 잘 맞을지도 모른다.

첫째는 둘 다 알코올 중독이다. 둘째는 둘 다
싸우는 것을 싫어한다. 그리고 나머지 하나는 둘 다
교회에 가는 것을 싫어한다.

"자! 조금 있으면 곧 땡스 기빙(Thanks Giving),
추수 감사절이니까 너랑 나랑 파티 먼저 하자. 자,
건배!"

박씨와 조나는 버드와이저 맥주 켄을 부딪히며
건배한다.

"야...아씨랑 몇 년 만에 마시는 거에요, 같이?"

"자식...무슨 몇 년 만이야. 한 6개월 됐나?"

박씨는 또띠아에 치킨 살과 살싸 소스를 넣어
싸서 조나에게 건네준다. 마치 남들이 보면 아빠가
아들에게 맛있는 거 하나라도 더 챙겨주고 싶은 그런
모습이다. 박씨는 언제나 조나를 보면 마음이 아프다.
머리도 명석하고 심성도 고운데, 언제부터인가 조나는
본인의 '반대로 가려는 성질' 때문에 인생의 어느
부분에서부터인가 꼬이기 시작했다. 조나가 가장
싫어하는 소리는 '무엇 무엇 하지마'이다. 어렸을
때부터 "...하지 마라"는 말만 들어도 '우악'하고 혈기가

나왔으며 알 수 없는 반발심이 들어서 그 순간을
이겨내기가 무척이나 힘들어했다.

"음- 맛있다. 끝내 주네요. 아주머니가 요리 잘
하시네요. 장가 잘 가셨네...하하하하...아씨,
아주머니는 어디서 만나셨어요?"

"끄윽- 자식. 뭐 쪼끄만 자식이 그런걸 물어보고
있어. 응?"

맥주 한 캔을 어느새 다 마시고 트름을 하면서
박씨는 대답한다.

"아씬, 제가 쪼그마하다니요, 참. 저도 이제 장가
갈 때가 됐죠."

박씨는 오른 손으로 조나의 뒷목에 새겨진 문신을
가리키면서 마지막 캔의 한 모금을 마신다.

"너, 그 문신은 없애야지, 임마. 장가가려면."

"이 타투요? 왜 없애요?"

"야, 너 거기다가 네가 옛날에 좋아했던 여자
아이 이름 새겼는데 그럼 누가 그 타투 좋아하겠냐?
다른 여자애 이름인데. 그것도 지 친구한테 뺏긴
여자의 이름을 왜 새기고 다니는지 몰라. 하여튼, 넌
별나. 알아?"

"아...아씬....참...이건 그냥 추억이에요.
메모리즈(Memories). 자! 건배!"

28

"난 벌써 떨어졌다. 너 하나 더 할거지?"

박씨는 식탁 의자에서 일어나서 냉장고가 있는 키친으로 들어 갔다.

그런데 누군가 문을 두드리는 소리가 난다.

탁! 탁! 탁!

"누구지 이 시간에?'

탁! 탁! 탁!

제법 문 두들기는 소리가 쎄다.

"Who is it?"("누구세요?")

박씨는 나무로 만들어진 아파트 대문에 달려있는 작은 동그란 돋보기에 왼쪽 눈은 찌푸리며 감은 상태에서 오른 쪽 눈으로 누구인지 보았다.

"어! 이상하다. 야, 조나!"

"네?"

"너, 혹시 오늘 무슨 사고 쳤어?"

"사고요? 무슨요? 아니요? 왜요, 아저씨?"

"아...씨... 경찰이다!"

"에? 경찰요?"

"너, 지금 약 같은 거 갖고 있는 거 없지?"

"아, 그럼요! 아씨는? 저 약 끊었어요."

탁!! 탁!! 탁!!

문을 열라고 경찰이 재촉한다.

"아...진짜...왜 왔지?"

탁!! 탁!! 탁!!

"나 문 연다!'

박씨는 잠겨 있던 문을 오른손으로 열면서 억지로 어색한 미소를 지어낸다.

문을 열자마자, 세 명의 경찰들 중 한 명이 자신들이 경찰이라는 벳지를 보이면서 박씨에게 질문을 늘어 놓기 시작한다.

"안녕하세요? 저는 LA, 올림픽에 있는 경찰서에서 온 스티븐이라고 합니다. 주민의 신고가 있어서 왔는데요."

"신고요? 무슨 신고요...?"

박씨는 놀라서 좀 떨리는 목소리로 평소보다 영어를 더듬으면서 대답했다. 언제이든지 누구에게든지 경찰이란 존재의 방문은 그리 반갑지 않다.

"여기에 혹시 수잔나 마티네즈라는 여자가 살고 있습니까?"

경찰이 묻는다.

"수잔나 마티네즈..."

갑자기 박씨는 당황하여 수잔나라는 이름은 자기의 아내의 이름이 맞는데, 성이 마티네즈인지 아닌지 순간 헷갈린다. 왜냐하면 왜 이 경찰들이 이 저녁에 박씨의 아파트까지 찾아왔는지에 대한 의문이 그를 매우 당황하게 만들기 때문이다.

"네...맞아요. 수잔나 마티네즈...여기서 살아요. 그런데, 수잔나에게 무슨 문제라도..."

박씨는 일부러 영어로 천천히 대답하면서, 수잔나가 법적으로 걸릴 이유가 있는 지를 순간 재빠르게 생각 해 보았다.

"혹시 수잔나 마티네즈와 어떤 관계이시죠?"

"음..."

순간적으로 박씨는 뭐라고 대답해야 할지 판단이 안 선다.

"수잔나와 무슨 관계냐구요?"

경찰은 다시 물었다.

"음...같이 살아요."

"그럼, 룸 메이트라는 거요, 아님...와이프라는 겁니까?"

박씨는 왠지 자신이 없었다. 수잔나가 아내라고, 결혼한지 우리는 석 달이 되었다고 말을 자신 있게 하고 싶지 않았다. 왜 일까? 경찰이 수잔나 때문에 왔고, 무슨 일인지는 아직 경찰이 말해주지 않고 있고, 그래서 지금 박씨는 망설이고 있다.

갑자기 이 세상을 떠난 아내의 얼굴이 스친다. 박씨가 아내를 잃은 이유는 4. 29 LA 폭동 때 모든 재산을 다 잃고 낙망해 있을 때, 그녀는 스스로 목숨을 끊었었다. 그 아내를 못 잊고 살다가 이렇게 홀아비 신세로 살다가, 인생의 외로움과 고독함, 그리고 어느 길로 들어서서 인생을 새 출발해야 할 지 방황하다가, 매일 술을 마셔야 하는 알코올 중독자가 되었고, 어느 날 술에 곤드래 만드래 취해서 길 거리에서 쓰러져 자다가 경찰에게 걸려서 정부가 관할하는 임시 감옥 같은 곳에서 지금의 아내 수잔나를 만난 것이다.

박씨는 순간, 문득 생각 해 본다. 내가 먼저 이 세상을 떠난 아내를 두고 재혼을 한 것이 죄였을까? 그건 아닐텐데…아니면, 내가 사실은 수잔나를 그렇게 사랑한 것은 아니지만, 수잔나가 영주권도 없고 불쌍해서 결혼 해 준 것이 잘못된 선택이였을까? 이러한 알 수 없는 상황이 일어난 것에 대해서 이유를 따져보면 따져 볼수록 박씨의 심정은 더 불안 해 진다.

'뭐라고 말하지?'

아마 이 머뭇거리고 있는 순간을 수잔나가 본다면, 그녀에게 뭐라고 변명 할 수 있을까?

결혼을 하자고 먼저 이야기 한 건 그녀지만, 그래도 남자로서, 한 가정의 가장으로서 이건 아닌 것 같다.

'그래, 솔직히 말하지 뭐…뭐 큰 일이 있겠어?'

박씨는 본인 딴에는 용기를 내어 겨우 3개월 밖에는 되지 않았지만, 아내가 된 수잔나에게 의리를 지키고 싶었다.

"네…제 와이프에요."

한참을 머뭇거리다가 대답하는 박씨가 경찰들에게는 조금, 아니 많이 어색 해 보였다.

옆에서 보고 있는 조나는 박씨 아저씨가 긴장하는 모습을 보니 매우 측은 해 보인다. 더구나 지금 둘이서 맥주를 마시고 있는 상태에서, 무슨 일로 이들이 왔는지는 알 수 없으나, 어쨌든 보기에 좋아 보이지는 않을 거라는 상식은 조나도, 아저씨도, 경찰들도 있을 것이다.

도대체 무엇 때문에 경찰들이 왔을까? 조나는 그리고 생각한다. 박씨 아저씨는 그렇게 나쁜 사람이 아닌데, 왜 인생마다 엉키는 일들이 일어나는지 박씨 아저씨를 잘 알고 지내는 사람들마다 그렇게 이야기 한다. 왜 그럴까? 아저씨가 알코올 중독이라서 일까?

'술을 좋아하면 가난 해 진다'는 말은 어디선가 들어 본 것 같은데….라고 조나는 생각 해 본다.

백인 경찰과 라틴계 경찰들의 시선 앞에서 파르르 몰래 떨고 있는 박씨 아저씨가 너무 안 돼 보여서 조나는 이렇게 말해 버린다.

"도대체 여기 왜 온 건데? 뭐가 문제야구요?"

박씨 아저씨보다 잘하는 영어로 조나는 '우리는 백인은 아니지만 엄연히 여기서 합법적으로 살고 있는, 너희들의 영어를 매우 잘 듣고 이해 할 수 있다'는 뉘앙스가 들어간 어투로 약간의 짜증이 난 어조로 말 해 버렸다.

"가만 있어, 임마!! 너 미쳤어?"

박씨는 조나를 혼낸다. 왜냐하면, 자식도 없이 평생 살아온 박씨에게 조나는 어떤 때에는 아들과 같은 존재이며, 조나는 혹시라도 잘못한 일로 다시 체포가 되면, 감방에 가서 다시는 못 나올 그런 군번이기 때문이다.

박씨의 큰 소리에 한국말을 전혀 못 알아듣는 LA 경찰들과 조나는 약간 깜짝 놀랐다. 동시에 조나는 정신을 차렸다. 지금도 집행유예는 아닐지라도 그것과 비슷한 삶을 살고 있다고 해도 과언이 아니기 때문이다. 그렇다. 집행유예. 때론 조나는 생각한다. 인간이란 신

앞에서 마치 집행유예의 삶을 사는 것이 아닐까라고 말이다. 하고 싶은 데로 마음 데로 할 수 있는 것만 같아도, 마치 그렇게 원하는 데로 하고 나면, 그 순간에는 좋으나 얼마 후에는 그 하고 싶은 행동을 저지른 것을 반드시 후회하게 만드는 사건들이 터진다. 왜 그럴까? 그것은 늘 조나가 인생에서 궁금 해 하던 의문이었다. 그런데, 박씨 아저씨는 무슨 잘못을 저질렀길래 이렇게 잘 나가는 것 같다가도, 다시 자동차의 브레이크처럼 이런 알 수 없는 일이 벌어지는 것일까. 조나는 이 짧은 시간 생각 해 본다.

마음 같아서는 이 경찰들에게 소리 지르며, 빨리 여기에 온 이유를 대라고 명령하고 싶으나, 이제 옛날에 부렸던 깡패 같은 성질을 부릴 처지가 아님으로 식탁에 놓여있는 거의 다 마신 맥주 캔을 오른 손으로 찌그러뜨려 본다. 아직도 조나에게는 혈기가 남아 있다. 어렸을 때부터 지금까지 절대로 조절이 안 되는 것 중의 하나가 바로 이 혈기인데, 이것은 조나가 아빠 없이 살아 온 것에 대한 쓴뿌리가 아닌가 생각 하기도 한다.

박씨 아저씨를 옹호해 줄 수 없는 자신이 너무나도 밉다. 조나는 자아 비판을 한다. 자신이 좋아하는 사람을 위해서 할 수 있는 것이 너무나도

제한되어 있다는 것이 조나를 때론 자그마한 남자로
느끼게 한다. 때론 아빠 같이 느껴지는 그런 소중한 분
중의 한 사람인데, 이 설명하기 힘든 알 수 없는
상황에 박씨 아저씨에게 아무런 도움이 못 되어
드린다는 것이 안타깝다. 마치 조나가 감옥에 가기
전에 엄마에게 느꼈던 바로 그런 비슷한 감정이라고나
할까.

　　박씨는 용기를 내어 천천히 영어를 문법적으로
틀리지 않으려고 신경 쓰면서 물어본다.

　　"왜 여기에 오셨는지…누가 무슨 신고를 했는지
말씀 해 주시겠어요?"

　　"수잔나가 죽은 채로 발견 되었어요."

　　"…………"

　　"경찰서로 누가 신고를 했어요. 어느 라틴계의
여자가 길 거리에서 술에 취해서 방황하고 있는데,
남자들이 그녀를 때리고 있는 것 같다고요…."

　　"……………"

　　"그래서 그 신고 받은 장소로 갔는데…..이미
수잔나 마티네즈씨는 숨을 거둔 상태였었죠. 그리고
그녀가 쓰러진 땅 옆에 매는 까만 가죽의 핸드백이
있었고, 그 안의 지갑에는 기간이 막 만기가 된 운전

면허가 있었어요. 그런데 이 아파트 주소가 현 주소가 맞았군요."

　　박씨는 그 소식을 듣고는 식탁 의자에 그냥 앉아 버렸다. 갑자기 모든 것이 하얗게 보이는 것만 같다. 옆에서 조나가 뭐라고 뭐라고 영어로 경찰에게 묻는 내용도 들리지 않고, 내 대신 흥분하며 누가 박씨의 아내 수잔나를 죽였는지에 대한 의문도, 박씨 대신 조나가 다 큰 소리로 경찰들에게 물어 보고 있었다.

　　갑자기 박씨는 그 때 그 순간이 겹쳐서 떠올랐다. 박씨의 아내가 '여보 미안해'라는 다섯 자만 유서에 남긴 채 그의 곁을 떠났던 그 악몽이 다시 생각난다. 자살을 하면 지옥에 간다고, 교회를 다녔던 사람이라도 스스로 목숨을 끊으면 지옥으로 간다고 어느 미국 백인 목사로부터 들은 적이 있는데…그렇다면 나의 두 번째 아내인 수잔나는 어떤 상태였을까? 박씨는 여러 가지를 한꺼번에 생각하기 시작했다. 갑자기 박씨는 무슨 여행을 떠나고 있는 것 같다. 갑자기 아무 소리도 들리지 않고, 조나가 열을 내면서 경찰들에게 뭔가를 따지고 있는 것 같은데 어떠한 목소리도 들리지 않는다.

　　그녀가 너무 그립다. 수잔나가 갑자기 보고 싶어진다. 수잔나 또한 마약과 도박에 빠진 전 남편과 불행한 삶을 살다가, 남편의 폭력에 접근

금지법(Restraining Order)을 신청했고, 아이들은 모두
정부의 사회 기관에 빼앗겨서, 혼자 외롭게 술로
상처를 달래온 불쌍한 여자였는데…그래서 나머지
인생이라도 박씨와 그저 오손도손 서로 아껴 주면서
그냥 조용히 인생을 마감하려고 했는데…

박씨는 갑자기 하나님이 미워지기 시작했다.
'무엇을 내가 그렇게 잘못을 했으며, 무슨 죄를 많이
지었다고…' 이제 하나의 희망이었던 작은 가난한
가정마저 이 모양으로 부셔버리시는 하나님이라는
존재가 이해가 안 갔다. 박씨는 옛날에 어느
허르스름한 점쟁이 집에서 들었던 말이 생각났다.
"당신은 여자가 인생에 아주 많네. 쪽 줄을 섰어, 아주."
라고 늙은 괴물 같이 생긴 얼굴에 주름이 가득한
점쟁이의 말을 떠 올려 본다. 그리고 박씨는 다시
생각한다. '아니야. 김목사님이 나한테 그랬어.
점장이들이 하는 말들은 다 마귀의 말이라구
말이야…..'

마치 박씨의 두뇌 속과 마음은 전쟁이 난 것만
같다.

하나는 그 동안 중요한 인생의 이정표마다 그의
인생을 스쳐갔던 목사님들이 해 준 말들과, 또 다른 한
편에서는 어떤 어두움에서 밀려오는 두려움과 한 없이

부정적이고도 더 이상 희망이 없는 듯한 까만 그 무엇이 박씨의 심정에 동시에 스며들려고 싸우고 있다는 것을 느꼈다.

참 이상하다. 평소에는 그렇게 교회에 가고 싶지도 않고, 가서 예배시간에 앉아 있노라면 졸음이 밀려와서 미칠 것만 같았는데, 지금 박씨의 두 번째 아내가 술에 취하여 길 거리에서 방황하다가 길에서 숨진 채로 발견되었다는 비보를 들으니, 왠지 그의 인생에서 항상 귀찮게시리 '교회에 나오라고' 잔소리 했던 목사님들의 얼굴이 떠오른다.

계속해서 조나는 '뭐라고 뭐라고' 마치 형사가 범인을 심문하는 모냥, 매우 흥분하면서 팔 소매를 걷어 부치고는, 경찰들이 마치도 태만하게 그들의 의무를 다 하지 않아서 박씨의 아내 수잔나가 죽은 것처럼, 묻고 따지고 하는 모습이 보인다. 그러나 여전히 박씨는 '윙'하는 이명이 고막에서 들려오면서, 사람들의 말소리가 들리지 않는다.

한 경찰이 박씨에게 뭐라고 물어 보는 것 같은데…역시 들리지 않는다.

박씨가 경찰이 질문 하는 것 같은데 안 들리자, 조나가 큰 소리로 한국말로 다시 물어 봐 준다.

"아저씨! 참… 나 기가 차서….지금 경찰들이요
아저씨 오늘 어디서 뭐했냐고 물어봐요, 글쎄! 이런
나쁜…"

"뭐라구?"

"그러니까, 이 경찰들이 지금 아씨한테
알리바이를 물어 보고 있어요. 이 사람들 미친 거
아냐?!"

조나는 다시 박씨 아저씨의 편에 서서,
보호자처럼 한국말로 친절하게, 그러나 몹시도 화가 난
어조로 설명 해 주는 것 같았다.

"나… 물 좀 줄래?"

박씨는 대답 대신에 조나에게 부탁한다.

"조나야… 나 물 좀 줄래?"

"네…아저씨"

조나는 부엌의 수도 꼭지 옆에 정수기 물이
나오는 꼭지가 없는 걸 보고는 냉장고의 문을 열어
하얀 글라스 병에 담아 있는 보리차 같이 생긴 것을
컵에 따라 아저씨에게 급히 건네준다.

박씨는 그 컵에 담아있는 것을 급히 마시자마자
'왝'하고 조금 아까까지 먹고 있었던 걸 다 토해낸다.

그의 무릎 위에 그는 죄다 토해 냈다. 화장실로
미처 뛰어 갈 틈도 없이 그렇게 냄새 나는 오물을 뱉어

낸다. 수잔나가 지난 번 박씨 생일에 다운타운에서 사준 $20불 짜리 양 옆에 큰 주머니가 달린 그의 쑥색 면바지 위로 떨어지는 더러운 것들을 보면서, 박씨는 수잔나가 언제나 부부 싸움 후에는 이렇게 박씨의 무릎에 고양이 같이 그녀의 고개를 손에 괴고 바짝 들이밀면서 아양을 부리던 수잔나의 웃음 띤 눈동자가 스쳐 보이는 것 같다.

왜 그랬을까? 어제까지도 아무 일이 없었는데… 어디서 그렇게 술에 취해서 뭘 하다가 그런 죽음을 당했을까? 분명히 오늘 슈퍼마켓에 파트타임 일하러 간다고 했고, 오늘 월급 날이라고, 내가 좋아하는 삼겹살 사가지고 온다고 했었는데…. 중간에 무슨 일이 생긴 걸까?

박씨는 수잔나의 죽음에 대한 슬픔을 누리기도 전에 그녀의 사건에 대한 의문이 밀려오는 것을 막을 수 없어서, 지금 미국 경찰이 박씨에게 '오늘 어디서 무엇을 했냐'는 알리바이에 대한 대답을 하고 싶지도 않고 해야 하는 당위성도 느끼지 못한다.

이것이 꿈이기를 박씨는 바래본다.

'그래…설마…지금 내가 꿈을 꾸고 있는 거겠지…내가 맥주를 너무 많이 마셨나…?'

"아저씨! 아저씨! 경찰들이 묻잖아요. 오늘 어디서 뭐 했냐구요?! 빨리 대답 안 하면 이 사람들이 오해하겠어요. 빨리요!!!"

조나는 아저씨에게 가스 레인지 옆에 있는 페이퍼 타올로 아저씨의 무릎을 닦아 주면서 걱정되어 발을 동동 구르면서 다시 물어본다.

"빨리요, 아씨!!!"

박씨는 대답 대신 먼저 화장실에 가서 그의 얼굴과 손과 바지에 묻은 토한 것들을 물로 씻는다.

그리고는 화장실 거울에 비추어진 자신의 얼굴을 바라 본다. 마치 처음 보는 사람이 그를 바라보고 있는 것 같다.

'당신은 누구세요?' 라고 그 거울에 비친 얼굴이 햇빛에 그을려 까매진 그 남자가 물어 보는 것 같다.

'당신은 누구시죠?'

'아참…누구냐구요…?'

평소에는 약간 늦은 듯 뜨거운 물이 욕실 싱크대에서 나왔었는데, 오늘은 왜 이렇게 더운 물이 콸콸 쏟아질까? 뜨거운 물이 평소처럼 늦게 나올 줄 알고 더운 물만 틀었는데 박씨의 안경이 금새 뿌애지고 조금 아까 바라보던 거울이 그새 뿌옇게 되어 버렸다.

그리고 그 뜨거운 물에서 생겨나는 수증기가 어느새 그가 서 있는 화장실을 따뜻하게 채워 버린다.

그는 생각한다.

'오늘 월급 타가지고 삼겹살 사서 온다고 했는데…수잔나는 왜 이렇게 늦지?'

3

"이거 얼마에요?"

"3개에 5불($5)입니다. 드릴까요?"

"네, 10불($10) 아치 주실래요?"

조나는 정부에서 받은 첵크를 받자마자 마켓 안에
있는 붕어빵 가계로 달려 왔다. 그리고는 붕어빵 6개를
거금 10불을 들여서 사면서 설레어한다. 지난 번 사건
이후로 치매가 걸려버린 박씨 아저씨를 방문하기
위해서 오늘은 양로원으로 가는 날이기 때문이다. 혹시
아씨가 좋아하는 이 붕어빵의 냄새를 맡고, 아니
모양새를 보고, 아니 맛을 보고 기억이 돌아오지
않을까?

조나는 내심 그렇게 바래본다. 그렇게만 된다면
얼마나 좋을까?

박씨 아저씨가 있는 양로원에 갈 때마다 조나는
많은 노인들을 만나고 그리고 그 양로원에 있는
사람들은 간호사에서부터 소셜 워커들(Social
Workers)모두가 조나를 어느 교회 단체나 선교
단체에서 온 젊은 전도사인 줄 안다. 그러나 한가지

그들로 하여금 고개를 갸우뚱하게 만드는 것은 조나가
하얀 티 셔츠에 회색 모자와 지퍼가 달린 스포츠 용
잠바를 입고가면, 그의 뒷 목덜미에 새겨져 있는
문신이 보이는 데, 그것을 보는 사람들은 과연 박씨를
매주마다 성심 성의껏 방문하는 조나가 전도사인지
신학교 지망생인지, 아님 그냥 왕년에 좀 사고 쳤던,
박씨의 아들인지 헷갈려 한다.

오늘따라 바람이 차다. 조나는 그래도 박씨
아저씨가 이렇게 따뜻한 양로원에서 거기서 제 때
나오는 밥과 정기적으로 의사들의 검진도 있는 것이
매우 마음에 놓인다. 나라에서 나오는 연금으로 이렇게
보호 받을 수 있다는 것도 참 복이라고 조나는
생각한다.

어떤 때에는 박씨 아저씨가 조나를 아예 못
알아보는 경우도 있다. 그럴 때는 조나는 억지로 안
슬퍼하는 척 하면서 바로 길 건너 선교 단체에서
왔다고 하면서 아씨의 침대 바로 옆에 있는 작은
고동색 나무 서랍장 위에 놓여 있는 성경을 읽어 주고
간다. 그러면 아저씨는 엄마의 품에 안긴 아가처럼
스르르 잠이 들곤 한다.

평소에 아빠를 가져보는 것이 소원이었던 그에게
이렇게 아저씨를 아빠처럼 봉양할 수 있다는 것이 새삼
조나로 하여금 삶의 의미를 느끼게 한다.

"아저씨, 저 왔어요. 조나요. 일어나 보세요.
아저씨가 좋아하는 붕어빵 사왔어요. 그것도 6개나요.
빨리요."

"아이구...이게 누구냐? 조나가 왠일이냐.
오랜만이다."

왠일로 오늘은 아저씨가 조나의 이름도, 얼굴도
그리고 목소리도 다 기억한다. 조나는 몇 주만에 그를
알아보는 박씨 아저씨의 목소리와 표정에 감동되어
눈물이 나오려는 것을 억지로 참아본다.

"오랜만은요....지난 주에도 왔었잖아요..
참...아씨두....섭섭하네.."

"그래...지난 주에... 왔었어? 어... 내가 어디에...
갔었지? 왜... 몰랐지?"

박씨는 혀가 약간 말리는 듯한 발음으로 말을
천천히 하니까 듣는 데에는 인내심이 필요하다. 그래도
조나는 아씨가 기억만 제대로 해 준다면야 얼마든지
그의 이야기를 들어 줄 수 있다.

"이것 보세요! 당신 지금 그걸 말이라고 하는
거에요 지금?"

갑자기 커다란 목소리가 바깥 복도에서 들려온다.

"당신들 그러는게 아니야! 알았어? 하나님 무서운 줄 알아야지!? 응?!"

조나는 박씨 아저씨에게 컵에 물을 따라주고는 방 밖의 복도로 나가본다.

누군인지 매우 분노하는 목소리로 영어로 간호사와 그 곳의 책임 담당하는 늙어 보이는 간호사에게 불만인지 싸움을 하고 있는 것 같았다.

"You guys are paid by the government every month! But this is all you can do? Huh? If you are sleepy, then don't work and just go back home and sleep! Understood?"

("나라에서 다 돈 받고 있잖아! 그런데 이렇게 밖에 일을 못해? 응? 졸리면 일 하지 말고 집에가서 잠이나 잘 것이지! 알겠어?")

조나는 도대체 무슨 이야기인지 감이 잘 잡히지 않는다. 간호사들에게 계속해서 불만을 토하고 있는 여자는 생머리가 어깨 밑까지 늘어 뜨러져 있고, 권색 바지 정장에 하이힐을 신은 왠 아가씨다. 본토 영어로 또박또박 수준 있는 단어를 써 가면서 싸우고 있는 것이 꼭 변호사인가 보다.

불평을 듣고 있는 간호사와 책임 간호사는 평소에 조나가 친절하고 매우 좋게 생각하고 있는 사람들인데, 왠 목소리가 큰 젊은 여자한테 당하고 있는 모습이 조나의 영웅심리와 정의에 대한 의리같은 기를 살짝 건드리고 있다.

"Excuse me!"

조나는 그 화내고 있는 여자에게 역시 본토 발음영어로 말을 건넸다.

"저....실례합니다. 뭐 땜에 그러시는 지는 잘 모르겠지만...좀 작게 말씀하셔도 될 것 같은데요?"

그러자 그 젊은 권색 정장의 여자는 말 소리가 나는 뒤를 획 돌아보았다.

어! 그 천사다. 그 여자 천사...샌드위치와 물 한 병을 언제나 나누어 주었다가 언제부터인가 사라진, 바로 그 여자 천사가 여기에, 조나의 코 앞에 서 있다. 몇 개월간 못 본 사이에 그녀는 더 성숙한 여성미가 은근히 흐르는 것 같다.

"어! 안녕하세요? 저 혹시 기억 나세요?"

조나가 먼저 아는 척을 했다.

그녀는 조나의 얼굴과 조나 특유의 날카로운 듯한 눈매를 보고서는 그를 대번 알아봤다.

"어....안녕하세요? 오랜 만에요. 조나! 맞죠?"

이건 기네스 북에 오를만한 사건이다. 그녀가 , 그 여자 천사가 그의 이름을 기억했다. 역시 여자는 머리가 좋아야 한다고 늘 조나의 외할머니가 말했었는데...조나는 궁금 해 진다. 어떻게 그의 이름을 몇 개월이 지난 아직까지 그녀가 기억하고 있는 지를 말이다.

"네...맞아요. 조나에요. 헬레나이시죠?"

"네...기억하시네요?"

"그럼요...어떻게 잊겠어요?"

그녀는 조나의 '어떻게 잊겠냐'라는 말에 조금 의아해 하기도 하고 이 남자가 여기에 왜 와 있는지에 대해서도 약간 궁금 해 하다가, 바로 다시 그 양로원의 출입구 앞에 있는 간호사들과 책임자들을 향해서 다시 열을 올리기 시작했다.

"So...What are you going to do about this situation? It is a huge mistake and nobody admits that it is one of your malpractices? I cannot believe this. Who does have a conscience here? Nobody?"

("그래서...이 상황에 대해서 어떻게 할거에요? 의료 과오가 있었다는 걸 아무도 인정 안 한다는 거에요, 지금? 이게 얼마나 큰 실수인데...도대체가

믿기질 않네요. 여기 양심 있는 사람이 있는 거에요?
아무도 없어요?")

조나는 그녀가 흥분하고 있는 이유의 줄거리를
대충 짐작을 할 것만 같았다. 처음에는 여기 양로원에
있는 간호사들을 옹호하려고 했으나, 상황이 꼭 그렇게
할 수 있는 것 같지 않다는 느낌이 들었다. 더구나,
그가 약 일 년 동안 그녀가 만들어다 준 샌드위치를
먹은 것에 대한 보답이 적어도 아닌 것 같았다. 그래서
그는 가만히 그녀가 이야기 하는 것을 옆에서 듣기만
했다. 마치 법정에서 변호사가 자신의 의뢰인을 위해서
열변을 토하는 자세를 보고 있는 것 같았다. 아무도
그녀의 항변에 대답을 하지 않자, 이번에는 침착하게
한 마디로 그 곳에 있는 모든 사람들을 공포의
도가니로 넣어버린다.

"알았어요. 그렇게 인정하고 싶지 않다면, 할 수
없죠. 법정에서 봅시다."

그 말이 떨어지자 마자, 잠잠히 듣고 있던
간호사들과 양로원의 관계자들은 얼굴이 새 하얗게
질려 버리는 것처럼 보인다. 도대체 무슨 일일까?

그녀는 그 간호사들이 서 있는 프론트 데스크에
놓여 있는 명암들을 골라서 그녀의 네이비 칼라의
핸드백 안의 주머니에 넣고 냉냉한 미소와 눈빛을 인사

대신 그들에게 보내고는 출입구 쪽으로 발걸음을 돌린다. 그녀가 신은 하이 힐이 양로원 복도의 바닥을 마치 혼 내듯이 아님 억울함의 못질을 하듯이 딱딱 소리를 내며 함께 그 곳을 떠난다.

조나는 갈등이다. 오늘 박씨 아저씨의 문병을 왔는데 약 3개월간 보이지 않던 그의 천사를 만났다. 그녀를 뒤 따라가야 한다는 마음과, 그래도 오늘 박씨 아저씨가 아주 오랜만에 조나를 알아 보았는데, 모처럼 대화를 나눌 수 있는 날인데, 어떻게 해야 할지 빠른 판단력을 필요로 하는 시간이다. 그래. 인생은 언제나 선택의 연속이다. 어떻게 할까? 재깍 재깍 초의 움직임이 느껴진다.

"아저씨, 저 다음 주에 올게요! 급한 일이 생겨서요!"

붕어 빵을 앞니 한 개가 빠져서 깨물어 먹는데 지장이 있어도 아주 잘 꼭꼭 씹어서 먹고 있는 박씨에게 조나는 허겁지겁 인사를 하고는 출입구로 달려가 문을 열었다.

'어!? 어디로 갔지?'

안 보인다. 방금 나갔는데... 아...또 다시 천사를 놓쳤다. 오늘은 꼭 이야기하고 싶었다. 그리고 궁금했던 것, 못했던 질문을 오늘 꼭 하고 싶었는데...왜 꼭 샌드위치를 나눠주고 나서 홈레스의 마을을 떠날 때, 눈물을 흘리냐고 말이다. 그리고, 그 동안 손수 만들어서 갖다 준 샌드위치 너무 맛있었다고 말해주고 싶었는데...조나는 아쉬워한다.

양로원 밖은 벌써 캄캄해 졌다. 그래...아직도 겨울이구나.

조나는 봄을 기다린다. 봄이 되어 저녁이 연보라색과 하늘색으로 석인 그런 색깔의 하늘로 이 세상을 뒤덮고 춥지도 덥지도 않은 그 온도로 감싸는 공기, 그리고 그 봄 바람 냄새가 조나는 미치도록 그립다. 여자도 아닌데 조나는 그 날씨와 그 색깔의 하늘이 너무나도 그립다. 그 하늘 빛은 마치도 천국 같다. 적어도 조나에게는 말이다.

시끄럽게 차들이 퇴근시간이라 천천히 막힌 찻길에 즐비하게 늘어서 있다.

그리고 브레이크를 밟는 차들의 엉덩이에 달린 불 빛이 온통 빨간색이다. 빨간색.

4

"이게 누구야?"

"안녕하셨어요, 사모님?"

"아이구, 참말로...왜 이렇게 안 왔었어, 그 동안?
아이구 정말 반갑네...어서 와."

"네...진짜 오랜만이죠? 몇 년만인가? 하하하.."

조나는 왠지 마음이 허하거나 외로울 때, 그리고
예전에 엄마가 끓여 줬던 손칼국수가 생각나면 하목사
사모님을 찾아온다. 비록 조나가 홈레스라 할 지라도,
언제나 하목사 사모님은 그를 반겨주고, 재료가 별로
없는 것 같은데도, 호박과 멸치로 국물 내서 뽀얗게
만든 손 칼국수를 만들어 준다. 때론 사람들이 요즘의
교회에 대해서 욕하기도 하고, 조나 자신도 교회에
오는 것을 별로 좋아하지 않지만, 이 하목사 사모님의
칼국수에는 왠지 어머니 같은 사랑이 있고, 푸근한
인간미가 있다. 그러니까, 한 마디로 사모님의
칼국수가 조나의 마음을 열어준다고나 할까?

"오늘, 조나가 좋아하는 칼국수 끓였어. 예배
끝나고 꼭 먹고가. 알았지?"

언제나 메뉴가 칼국수인데, 사모님은 마치 오늘 특별히 끓인 것처럼 말씀하신다. 사모님의 그런 순수한 면이 이 예배당에 오는 단 13명의 성도들의 마음을 잡는 것이 아닐까하고 그는 생각 해 본다.

하목사님은 원래 중국에 가서 선교를 하시는 것이 주 목적이라서 이 곳 본부인 미국에는 성도들이 별로 늘지 않는다. 일 년의 반 이상을 그 곳 중국에 계심으로 사람들이 이 교회에 왔다가는 다시 다른 교회로 수평 이동 해 버린다. 그래도 하사모님은 하나도 속상해하지 않아 보인다. 조나의 눈으로 볼 때는 말이다. 조나가 교회를 다니는 것을 싫어하게 된 이유 중의 하나는 교회끼리 마치 비지니스들이 경쟁하듯이 서로 더 많은 성도들을 교회로 데리고 오려는 것에 대한 오해랄까, 그런 분위기를 일찌감치 느낀 적이 있다. 그리고 한 빌딩에 왜 그리도 다닥다닥 교회들이 많은지 이해가 안 간다. 이런 말을 하면 이상하겠지만, 마치 먹자골목에 이런 저런 종류의 식당들이 즐비하게 늘어서 있는 것처럼 '여기로 오세요'라고 외치고 있는 듯한 느낌을 조나는 밀집 해 있는 교회들의 간판들을 보고 느끼는 것이다.

그래서 오히려 하목사님과 하사모님의 교회를 보면, 비록 숫자는 많지 않을 지라도 서로 아껴주고,

위로 해 주고, 챙겨 주는 모습이 매우 보기 좋다고
그는 언제나 생각 해 왔다. 더구나 사모님은 전라도가
고향이라 그런지 음식 솜씨가 일품이니 다른 교회에서
이 칼국수 솜씨를 따라 잡을 수도 없을 뿐더러,
조나처럼 노숙자라서 매일 샤워를 할 수 없는 사람이
가면, 냄새가 난다고 교인들이 수군거리며 피하는
모습들을 다른 교회에서 그는 많이 보아왔다. 그런데
참으로 아이러니 한 것이, 기독교에서 '이웃을 사랑해야
한다'고 설교에서 가르치는 것 같은 데, 왜 조나 같은
이웃이 가면, 서로 '뭐라고 뭐라고' 뒷담화를 하면서
조나로 하여금 눈치를 보게 하는 지를 이해 할 수 없다.

그렇다면, 조나는 이웃이라는 범위에 드는 것이
아닌가라고 생각 해 보기도 했다.

"자, 예배 시작 했으니까 어여 들어가. 본당으로.
응?"

하사모님은 언제나처럼 그에게 친절하게 그리고
따뜻하게 대해 준다.

예배당으로 들어가니, 전에 이 교회에 금요일
예배에 왔을 때 인사를 나누었던 권투 선수인 집사님이
보인다. 이 집사님은 흑인 계 미국인과 한국인의
사이에서 태어나서 얼핏 보면 흑인처럼 보인다. 이
분은 본업은 쇼핑 몰의 수위를 하고, 가끔 좋은 시합이

있을 때는 경기에 나가서 좀 얻어 터지더라도 꽤
실력이 있는지 돈 벌이가 괜찮을 때도 있는 듯하다.
그래도 이 교회에 칼국수 먹으러 올 때는 이 집사님이
조나에게는 가장 푸근하고 꼭 형제같이 대해준다.

목사님이 성도들과 찬송을 하기 시작한다.

"나의 죄를 씻기는 예수의 피밖에 없네. 나를
성케하기도 예수의 피 밖에 없네. 예수의 흘린 피 날
희게 하리니 귀하고 귀하다 예수의 피 밖에 없네…"

조나는 일부러 예배당의 맨 뒷 줄에 앉았다.
왜냐하면 혹시 사람들이 이상한 쾌쾌 묵은 냄새가
난다고 할까봐서 그렇기도 하고, 하나는 설교를 듣고
있노라면, 이상하게도 욱 하고 올라오는 것이 있기도
하고, 때로는 매우 졸려서 더 이상 설교를 듣고 있을
수가 없어서 잠깐 바람을 쐬러 나가야 하기 때문에,
항상 가장 좋은 명단 자리인 뒷 줄 의자에 슬그머니
앉았다. 그의 바로 앞에는 그 권투 하는 집사님이
앉아서 열심히 찬송을 따라 부른다. 권투하는 집사님이
한국말로 유창하게 찬송가를 부를 때는 매우 신기하다.
분명히 외모는 흑인인데, 어떻게 저렇게 한국말을 잘
하는지, 그것도 찬송가를 말이다.

"네, 오늘 하나님의 말씀은 에즈라 6장, 에즈라 6장 13절부터 18절가지의 말씀입니다. 다 같이, 우리 다 같이 교독하겠습니다. 찾으셨으면 아멘!"

아...조나는 갑자기 머리가 아프기 시작한다. 에즈라가 뭐지? '아서라'도 아니고...언제나 성경은 그에게 있어서 어렵다. 그래도 조나는 감옥에 있었을 때에 무료함을 달래기 위해서, 그리고 공포감에서 해방되려고 신약 성경을 많이 읽은 편이다. 그래서 신약 성경은 꽤 많이 알고 있는데, 오늘 말씀은 그가 잘 모르고 있는 부분인 것을 보니 때려 맞춰 보았을 때, 구약 성경인 것 같다.

하품이 나온다. 칼국수 먼저 먹고 예배 보면 안되나 속으로 생각하면서, 조나는 눈과 얼굴은 하목사님을 바라보고 있지만 속으로는 며칠 전 박씨 아저씨가 있는 양로원에서 우연히 만난 그 천사를 생각하고 있다. 왜 그렇게 그녀는 화가 나 있었을까? 어떻게 나의 이름을 기억하고 있었을까?

머리가 좋아서 일까? 아니면 나에게 좀 관심이 있었을까? 혹시 내가 그녀에게 관심을 갖고 있는 것을 아는 거 아냐? 내가 15년 감옥 졸업생이라는 것은 알까? 그 사실을 알면 그녀는 나를 사람 취급도 안 하겠지?

조나는 지루한 설교를 듣는 대신에 자신 만의
상상의 세계로 들어가기 시작했다.

조나가 곰곰히 이것 저것 생각 해 보니, 그가 그
여자 천사에게 끌리는 이유를 이제야 더 확실히 알 것
같다. 기억을 더듬어 보니, 그가 초등 학교 때에
미국으로 이민 오기 바로 전에 짝사랑했었던 같은 반
여자 아이와 비슷하게 생긴 것을 이제야 알아냈다.
그러니까 더 조나가 그 천사에게 끌렸었나 보다.

그의 첫 사랑인 그 소녀는 반에서 반장이었고,
눈이 새 까만 콩장처럼 검은 눈동자가 크고, 피부가
뽀얗던 아이였다. 어느 날은 조나가 아이들에게 아빠가
없다고 놀림을 당하고 있을 때, 그 반장 아이가 나서서
창피하기도하고 치욕스럽기도 한 그 상황을 대신
멋지게 갚아 준 적이 있었다.

"어쭈구리! 야!! 너희들 지금 뭣들하고 있는 거야?
너희가 조나 아빠가 진짜로 있는지 없는지 봤어?
봤어?

그리구...조나 아빠가 너희들 인생이랑 무슨
상관인데?! 응?!

야!! 이것들 가만 보니까 다 순전히 조나보다
공부도 못하는 것들만 모였잖아? 응?!

야! 야! 야! 정신들 차려, 응? 확 이것들을 그냥, 게시타포 교감 선생님한테 넘길까보다 그냥!"

그 때 그 반장아이는 그렇게 아이들을 우리학교에서 제일 무서웠던, 그래서 별명이 게시타포였던 교감 선생님에게 이른다고 협박하면서, 발로 그 아이들의 엉덩이를 시원하게 후려 차 주었었다.

그래서 그 날부터 조나가 그 반장 아이를 좋아하기 시작했었는데, 이제 생각 해 보니 헬레나라는 여자 천사가 꼭 그 아이를 닮았다. 똑 부러지게 따지는 태도하며, 쏟아 질 것 같은 큰 두 눈하며, 하얀 도자기 같은 피부하며...조나는 기쁘다. 마치 커다란 진리를 찾아 낸 것처럼 기쁘고 기분이 상쾌한 것이 지금 무슨 말인지도 잘 이해 할 수 없는 하목사님의 설교보다, 언제나 이렇게 본인의 상상의 나라로 들어가는 것이 그는 즐겁다.

그런데 갑자기 니코틴이 부족한지 짜증이 밀려 오는 것 같다. 참기가 힘들 정도이다. 그래서 그는 가만히 일어나서, 교회의 파킹장으로 나간다. 이리 한 번 저리 한 번 누가 보나 둘러 보다가 오른 쪽 잠바의 호주머니에 들어 있는 담배 각을 꺼낸다. 각을 열어보니 딱 한 개비가 남아 있다. 아....담배 값도 오르고 참 어떻게 해야 할지 모르겠다. 담배도 끊어야

하고 술도 끊어야 하고...그래도 그에게 있어서 감사한
것은 그가 약 4년 동안 해 왔던 마약을 끊을 수
있었다는 것은 기적 중의 기적이다. 지금도 생각하면,
마약을 끊으려고 애 썼던 세월들을 기억 해 보면 치가
덜린다. 어찌나 힘들고 괴로웠던지...친구 따라서
나이트 클럽에 가서 일하다가 클럽에 놀러 온 손님
중의 한 여자로부터 받은 알약 모양의 마약을 받아
먹어 본 것이 지난 흘러간 4년이라는 세월을 마귀와
함께 지내게 된 것을 생각 하면 지금도 조나는
억울하고 억울하다. 그 4년 동안에 그가 사랑했던 여자
친구 또한 잃었으며, 다시 사고를 쳐서 감옥으로
들어가고 싶을 만큼 마약과의 인생이란 지옥
자체이었다는 것을 그는 너무도 잘 알고 있다.

　　　그는 생각 한다. 언제부터 그의 인생이 잘못
나가기 시작했는지를 생각 해 본다. 마지막 담배
한개비를 입에 물고 라이터로 불을 붙이자니, 갑자기
자신의 인생이 너무나도 비참하다는 생각이 든다. 왜
내가 이런 니코틴이 가득 담긴, 인간이 만든 기호품에
좌지우지 되어야 하는지를 한 번 생각 해 본다. 그래도
그의 엄마와 할머니와 살 때는 인생이란 것이 그렇게
어렵지 않았던 것 같은데...이젠 돌이 킬 수 없을까?
조나는 생각한다. '나의 잘 못 흘러간 세월에 또 다시

언제까지 노예로 후회만 하면서 살아야 하는지', 이런
상황에 있는 조나는 자신이 싫어 미칠 것만 같다.
그래도 그를 가끔씩 챙겨 주었던 박씨 아저씨마저
저렇게 치매에 걸려, 이제는 조나에게는 어느 누구에게
의지를 하며 살아야 하는 지 앞이 막막하다. 그나마
언제나 그를 챙겨 주는 흑인 친구 샘이 있지만, 원래
노숙자 마을이란 것이 언제 왔다가도 또 언젠가는
반드시 사라져 버리는 것이 반복되는 그러한 인생의
흐름이 반복되고 또 반복되는 순례자의 인생 같은
것임을 오래 전부터 그는 알고 있었다.

　　조나는 5불($5) 택시 선전용으로 받은 투명한
초록색깔 라이터로 입에 물고 있는 담배에 불을
붙이려다가, 그냥 그 새 담배 한 개비를 땅에 힘껏
던져버렸다. 땅에 떨어진 담배가 교회의 파킹장에 고여
있는 더러운 새 까만 물 위에 던져져서 조금씩 천천히
그 시커먼 물에 스며 젖어가는 모습을 그는 우두커니
바라본다.

　　갑자기 그는 어지럽다. 속이 고파서 그런지
현기증이 난다. 영양 실조인가? 빨리 사모님이 만들어
준 칼국수를 먹고 기운을 차려야 한다는 생각뿐이다.
그는 재빨리 철판으로 튼튼하게 만들어진 충계의
손잡이를 잡으며 총총총 교회로 다시 올라 간다.

"그러니까 이스라엘 사람들이 성전을 건축하는 것을 매우 중요시 여긴 것처럼, 사실 우리의 몸은 성령님께서 내주하고 계시는 성전이기 때문에, 예수 그리스도의 보혈로 죄의 씻김을 받고, 주님의 성전인 우리 몸을 재 건축 해야 한다....이 말인 것입니다."

목사님의 설교가 거의 끝나가는 분위기다. 속이 쓰리다. 언제까지 이렇게 불안한 생활을 해야 하는 것인지, 정부에서 나오는 200불 남짓한 돈으로는 이런 실내처럼, 찬 바람이 피부 속으로 파고 들어 오지 않는 따뜻한 곳에서 안정되게 살 수 있는 것은 만무하다. 새로운 삶을 출발하고 싶어도, 조나는 감옥에 15년이나 있었던 화려한 탕아로서의 이력 때문에 아무도 그를 믿어 주지도 않고, 아무도 그를 고용하려 하지도 않고, 어느 누구도 그에게 사람을 쳐다보는 눈으로 보질 않는다. 그래서 조나는 이 세상이 참으로 싫다. 그나마 그를 맞아주는 곳은 홈레스 마을이다. 그 곳에 있는 사람들은 서로를 존중한다. 물론 가끔가다 심한 알코올중독이나 정신 이상자들이 있기는 한다마는 그들 또한 조나보다 좀 더 못한 처지에 있는 사람들이라고 생각 한다면, 그렇게 방해되지 않는다.

"자, 그럼 다 같이 일어나십시오. 축도하겠습니다.

지금은 우리 주 예수 그리스도의 은혜와, 하나님 아버지의 크신 사랑과 성령님의 교통하심이,

여기에 모여 있는, 새로운 삶을 통하여 새로운 성전을 건축하고 싶어하는 하나님의 자녀들의 머리, 머리 위에, 지금으로부터 영원토록 함께할 지어다! 아멘!"

그리고는 항상 맹숭맹숭하게 피아노 반주를 하는 젊은 여자 집사님의 피아노 반주가 시작 되었다. 이상하게 오늘 저 피아노 소리와 목사님의 마지막 축도가 조나의 가슴을 뚫는다. 그리고 피아노 소리가 평소와는 다르게 그의 코끝을 찡하게 만든다. 그리고 창피하게시리 누가 보면 어쩌려고 눈물이 나오기 시작한다. '아...이거 챙피하게 눈물이 나오네...' 일부러 조나는 의자에 앉아 고개를 푹 숙이고는 기도하는 시늉을 했다. 그래야 사람들이 그가 울고 있는 것을 눈치 채지 못하기 때문이다.

예배 후 사람들이 서로 인사하는 소리가 들린다. 눈을 감고 조나는 계속 그 자리에 앉아서 속으로 한 번 물어봤다.

'하나님, 저 버리지 않으셨죠? 저 미워하지 않으시죠? 저도 하나님 안 미워해요. 알고 계시죠? 하나님...저 외로와요. 그리고 힘들어요. 어디서부터

제가 기운을 차려야 할 지 모르겠어요...이미 과거의
시간들은 저 만치 흘러가 버렸는데...이렇게 살아도
되는 것인지 모르겠어요. 차갑고 추운 땅 바닥에서
자는 것도 괜찮아요...그런데 제가 힘든 것은 세상
사람들이 저 하고는 다른 모습으로 사는게 그게
비교되니까 제가 꼭 비정상 같아요. 그들처럼 살려고
노력 해 봤지만, 왕년에 제가 저지른 죄 때문에,
그것도 청소년 시절에 욱하고 저지른 일 때문에 이렇게
이방인처럼 사는 게 너무 고통스러워요. 난 이제
소망이 없는 인생인가요? 전 그럼 죽어 버려야 하나요?
저도 알아요. 주님이 이 세상을 만들었다는 걸요.
그런데...주님...제가 볼 땐, 전 공부도 많이 못하고
못된 짓만 하고 살았지만요...이 세상에는 정이 안 가요.
이 모습이 바로 당신께서 처음부터 만드신 그런
세상인가요? 주님이 절 위해서도 십자가에 못
박히셨다는 것도 들어봐서 알아요. 그리고 성경에도 써
있구요...그런데 주님...현실적으로 이 세상 사는 건
너무 힘들어요. 왜 그렇죠? 당신이 만들었던 에덴
동산이란 것은 그냥 동화처럼 오래 된 성경에 나오는
전설인가요? 네? 내가 잘못한 것을, 나의 과거를
계속해서 들추면서 사람들이 절 대하니까...너무
힘들어요. 저 다시 감옥으로 들어가야 하나요? 그러고

싶진 않아요. 그곳은 주님도 아시다시피 공포의
도가니잖아요. 전 어떻게 살아야 하죠...? 네....?'

　　이제는 눈물이 아니라 콧물까지 조나의 코에서
흘러나와 얼굴에는 눈물 콧물 범벅이다. 여기에 다른
사람들만 없다면, 그는 '으앙'하며 소리지르고 울고
싶다. 너무 그러고 싶다. 아가처럼 소리 지르고 울고
싶다. 엄마 품에 안겨있는 아가처럼.

5

"그 환자와 무슨 관계시죠?"

김변호사가 물었다.

"가족인가요?"

"아니요."

"그럼, 친척인가요?"

"아니요, 변호사님."

"그래요? 그럼 어떤 관계..."

"제가 사역으로 방문 갔다가 알게 된 할머니세요."

헬레나가 대답했다.

"그래요?"

"네.."

"그런데 상당히 열성적이네요. 마치 가족 일처럼."

"글쎄요...아무도 그 할머님을 돌봐주는 분도 없고, 그렇게 간호사의 실수로 당했는데 아무도 나서서 말도 안하고...그래서 제가 기사도 정신을 발휘해서...너무 억울 하잖아요?"

"쭈욱-- 이야기를 들어보니 승산은 거의 90%에요. 왜냐하면 어떠한 성분이 들어간 수액주사를 그 할머니

몸에 넣었는지 조사하면 나오니까. 그들이 뭔가 기록을 조작하지 않는 한은 말이죠."

"그렇군요."

"어떻게 하고 싶으세요? 일단 소송은 본인의 동의가 있어야 하고, 특히 그 양로원은 정부에서 관할하고 있는 기관이라, 정부도 쑤(Sue)를 받는 입장에 넣을 수 있어요. 고의로 그런 것이 아니라 실수라 할지라도, 그 할머니가 갑자기 상태가 악화 된 것이, 헬레나가 목격한 그날, 그러니까 간호원이 그 할머니에게 들어가서는 안 되는 성분의 링거를 넣은 것을 알자마자 당황하면서 그 링거를 급히 다른 것으로 바꾸었다는 얘긴 데 말이지..."

" 네...맞아요."

"이 사건을 어떻게 의심 할 수 있었던 거죠, 헬레나씨는?"

"전에, 아주 오래 전에 저의 돌아가신 이모부가 후두암으로 병원에, 그것도 이름 있는 한국에 있는병원에 입원하셨었어요. 그런데, 담당 의사가 알려 준 6개월보다 더 빨리 돌아가셨는데, 그 이유가 알고 보니 간호사가 실수로 이모부의 몸에는 들어가서는 안 되는 성분의 수액주사를 맞게 해서 먹물 같은 것을 토하시더니...."

"그래요...? 그런데 어쩌다가 그런 실수를..."

"이모의 말씀으로는 그 간호사가 자백을
했다나봐요. 너무 고단하고 피곤해서 졸음을 이기지
못하고...완전히 반대되는 성분의 것을 이모부한테 달아
넣었다고요..."

"그래요...그래서 이모는 어떻게 하셨어요?"

"어차피 이모부는 이 세상을 떠나셨고...그 젊은
간호사의 인생을 생매장할 수도 없고...그 간호사가
이모 앞에서 무릎 꿇고 빌더래요. 그래서... 그냥 용서
하셨죠."

"참...그래...그런 일이 있었군요. 사실 적지 않게
그런 의사나 병원 측의 실수로 사람의 목숨이 왔다
갔다 하는 경우가 있지요. 왜, 그런 책도 출간되었던
것 같은데...? '의사가 사람을 죽인다'이던가, 아마
그렇지?"

헬레나는 본인의 심정을 김변호사에게 털어
놓는다.

"김변호사님도 크리스천이시니까
얘긴데요...예수님을 주님으로 믿고 따르는 데에는 항상
이러한 딜레마가 있는 것 같아요. 물론, 그 할머니는
억울하게도 건강이 악화되었고, 앞으로 그 일 때문에
어떠한 악 영향이 끼치게 될 지 모르고...할머니는

71

가족도 한 명도 없이 저렇게 침대에 누워서 하루를 보내시는데, 과연 그냥- 이 양로원도 사실은 과오를 50%이상은 인정하는 거나 다름 없는 상황인데 말이죠...고소를 하고 승소를 해서 보상금을 받아 드리는 것이 과연 할머니를 위한 것인지...아니면, 저의 이모의 경우처럼 그저 자비로 용서하는 것이 하나님을 믿는 사람의 덕인지...잘 모르겠어요, 변호사님.”

그리고는 헬레나는 김변호사의 법률 사무실의 컨퍼런스실 벽에 걸려 있는 눈에 띄는 한 서양인의 초상화를 바라본다.

“저 사람은 누구에요? 저 초상화요.”

“아...저 그림...안데르센 아나? 헬레나씨?”

“안데르센이요? 그럼요, 알다마다요. 얼굴은 처음 보네요....전 인어공주 어렸을 때 읽고 나서 막 울었었어요. 물거품이 되어 버린 그 인어 공주가 너무 안 되었다고 생각 되어서요.”

“그래...나도 그 부분이 가장 맘에 들지...”

“어느 부분이요?”

“자기 목숨보다는 말이야...응? 사랑하는 왕자를 위해서, 언니들이 준 칼로 그 왕자를 죽이면 본인이 살 수 있는 데도 그렇게 하지 않고...본인이 그냥 물거품이 되어 버리잖아...사랑을 위한 희생이지 그러니까...”

"변호사님은 법적인 일을 하시면서 의뢰 받은 케이스를 승소하기 위해서 혹시...거짓말을 하시기도 하나요?"

"그게...무슨 뜻이죠?"

"그러니까, 변호사님께 사건을 의뢰한 사람을 위해서 본의 아니게 말이죠."

"일단, 의뢰인에게 이렇게 이야기 하지. 사실만을 나에게 이야기하라고. 그리고 우리 변호사들은 의뢰인의 말을 진실로 믿는 상태에서 일을 시작하는 거고..."

"그렇군요...크리스천이라면, 예수님이 사신 데로 우리도 살겠다는 걸 사실 주님께 약속을 이미 한 건데...말이에요, 변호사님... 우리들 인생에서 일어나는 일들을 가만히 바라보면, 항상 예수님을 믿는 자들이 소위 당해줘야 하는 것이 언제나 경우에 맞고, 또 그것이 주님께서 원하시는 것인지 궁금하고... 깊이 고민 할 때가 많아요. 과연 어떠한 선택을 하는 것이 하나님의 뜻과 맞는 것인지 말이죠."

"그렇지...그리고 특히나 어떠한 일이 일어 났을 때 말야...이게 과연 하나님께서 예정한 것인지, 아니면 내가 실수 해서 일어난 것인지...난 이런 게 참 헷갈리거든?"

73

"하하하...알아요. 이게 과연 하나님께서 나를 위해서 준비하신 것인지 아니면 내가 나의 나라를 혼자서 바벨탑 쌓듯이 만들어 가고 있는 것인지 말이죠.."

"그런데 재미있는 건 말이야...교회의 목사님들한테 이런 걸 못 물어보겠단 말이야."

"어떤 거요?"

"그러니까 말이지....내가 어떠한 케이스를 맡았다고 했을 때, 법에 의해서 모든 것을 비밀로 하니까 이야기를 자세하게 하거나 정보를 당연히 줄 수는 없지만서도 말이야...어떤 근본적인 것은 물어 볼 수 있는 거 아닌가?"

"그렇죠."

"그런데...하하하하...어떤 때에는 목사님들의 윤리적인 관점에 대해서 별로 신용이 안 간다고나 할까...? 뭐 그런 경우들을 너무 많이 보니까 말야....어떤 교회를 다니는 것이 좋은 것인지도 모르겠고 말이지...사실...또 내가 큰 교회들의 비리를 알고 싶지 않아도 알게 되는 경우가 있단 말이야!"

김변호사는 헬레나가 사역으로 알고 있는 그 외로운 할머니의 사건을 상담하러 온 것은 잠시 잊은 채, 평소에 담임 목사님에게 터 놓지 못했던 이야기들을 그녀에게 털어 놓기 시작했다. 그러다가 이제는 반말로 마치 친구에게 상담하듯이 그렇게 삶에 있어서의 선택이라는 것과, 어디까지가 창조주의 계획이며 또한 어디까지가 인간이 행할 수 있는, 또는 행하여야 하는 선인지의 구분에 대해서 깊이 토론에 빠졌다.

"그러니까...변호사님은 우리가 인어공주처럼 사랑을 위해서, 그러니까 남을 위해서 희생하는 것은 좋으나...하나님의 계획인지 아닌지, 예정인지 아닌지는 알아야 한다는 얘기잖아요, 그렇죠?"

"그렇지...그것도 요점이라고 할 수 있지..."

김변호사의 비서가 컨퍼런스 룸의 문을 노크하고서 들어 왔다.

"변호사님, 다음 약속되어 있으신 고객 오셨습니다."

"아.....그래? 알았어."

"그래요...변호사님. 그 할머니에 관한 케이스는 기도 좀 많이 해 보고 연락 드릴게요. 오늘 상담 감사해요."

"그래요...아니. 내가 오히려 평소에 궁금했던 거 이야기하고 나니까 속이 다 후련하네...하하하..."

헬레나는 벽에 걸린 안데르센의 초상화를 한 번 다시 보고는 문을 열고 그 방을 나왔다.

'인어공주의 물거품 철학이라...'

그녀는 언제부터인지 손해를 보고 싶지 않게 된 것 같다. 그 동안 인생에서 너무 양보만 해와서, 이젠 상대방을 봐주고 손해보고 당하는 인생 말고, 좀 더 똑 부러지게 '뱀 같은 지혜'을 하나님께 요청하고 싶지만, 그 '뱀 같은 지혜'도 무엇인지 아직 잘 모르겠다. 단 한가지 확실한 것은 '비둘기처럼 순수'한 것만을 가지고는 이 세상을 살아가기에는 역부족이라는 생각이 가끔 강하게 그녀의 심리를 자극한다.

예수님은 이럴 때 어떻게 하실까? 하기야 예수님을 주인으로 영접 했으니 사실 성령의 모습으로 내 안에 나와 함께 살고 계심으로, 내 안에 계신 주님께 물어봐야 정답일 게다.

'주님....그 할머니...혼자된 할머니...어떻게 할까요....? 어떻게 도와 드리는 것이 주님이 원하시는 스타일인 거에요? 네? 가르쳐 주세요...주님...'

그녀는 차를 세워 둔 빌딩 파킹장까지 천천히 걸어 가면서 생각 해 본다.

어떻게 하는 것이 할머니를 사랑하고 또한 실수한 그 간호사도 사랑하는 것일까?

그리스도의 사랑으로 말이다. 그리스도의 빛으로. 그런데 그 그리스도의 사랑이라는 것은 아무도 소위 다치지 않는다는 이야기일까, 아님 언제나 한 쪽은 다칠 수 밖에 없는, 그래서 언제나 한 쪽은 바보 같이 '허허' 웃으면서 져 줄 수 밖에는 없다는 뜻을 내포하는 것일까. 그녀는 이러한 여러 가지의 사건들 속에서 선택이라는 것이 얼마나 중요한지를 알고 있다. 왜냐하면, 그 선택이라는 것은 많은 시간을 필요로 하는 것이 절대 아니며, 그 선택이라는 것은 인간을 살릴 수도, 또는 죽일 수도 있기 때문이다. 그녀는 곰곰히 생각 해 본다. 지금 이 현대 사회는 너무나도 초스피드하게 돌아가고 있으며, 페스트 음식과 고속도의 인터넷 문화와, 그리고 무엇이던지 간에 빨리 원하는 결과가 나오자 않으면 견디기 힘들어 하는 "조급증" 환자들이 이 시대에는 많다는 것을 말이다. 그래서 기다리는 것이 매우 힘든 과목이 되었고, 앞으로 이 시대의 변화와 정치적, 경제적, 인류적인 혼돈의 시대가 올 때에 과연 사람들은 얼마만큼 그 고통을 인내할 수 있을까를 상상해 본다. 뭐든지 신속하게 원하는 것이 눈 앞에 또는 손에 잡히지 않을 때는 인간은 선택을 해서는 아니되는 것까지도 선택 해 버리는 그러한 과오를 저지르게 되는 것이다. 그래서

"신중함"이 예수님의 길을 가는 데 있어서 얼마나
중요한 요소인지, 아니 필수의 요소인지를 그녀는 알고
있다.

　　분명, 복수는 예수님께 맡기라고 말씀은 나와
있는데, 원수를 사랑하라고 말씀은 가르치고 있는데,
그 다음의 인간에게 남아있는 감정 처리와 영혼에 남아
있는 그 상처에 대한 앙금은 어떻게 청소를 할 수 있는
것인가에 대한 치유의 과정이 없는 상태에서는 무조건
누군가를 봐주고, 누군가를 용서하고, 무조건 누군가를
그저 나를 밟는다 하더라도 축복 해 줘야하는
크리스천의 삶을 방식을 더 구체적으로, 알아야한다고
생각한다. 왜냐하면, 뿌리 깊은 사랑이 없이, 단지
머리로만 누군가를 받아들이고, 용서하는 것은 마치
고급 찜질방에서 공짜로 주는 칫솔처럼 한 번 쓰고
나면 흐들해져서 그 다음에는 쓸 수 없는 그런 '일회용
용서'가 되어버리기 때문이다.

　　그녀는 또 생각한다. 그녀가 지금 하나님 앞에서
혹시 그 할머니를 돕는다면서 왕건방을 떨고 있는 것은
아니지 말이다. 그 가족 없는 할머니와 또한 실수를 한
그 간호사에 대한 하나님의 마음을 모르는 상태에서는
어떠한 행동도 의롭지 못하며, 하나님의 뜻과 맞지
않는 행동이란 인간이 만들어 버린 자신만의 의가

78

된다는 것을 말이다. 그래서 선택 또한 언제나, 그분의 품으로 갈 때까지, 그분의 뜻에 맞게 겸손되이 그리고 그분의 속도에 맞추어서 따라가는 것이 그분께서 가장 원하시는 요점일지도 모른다고 자신에게 물어본다. 왜냐하면 인생에 있어서의 경고망동은 바로 그 인생을 패망으로 이끌고 가는 또 하나의 마귀의 속임수이기 때문이다.

그리고 그녀는 또 생각 해 본다.

만약... 그 할머니가 나의 진짜 엄마라면 난... 어떻게 반응할까?

6

"내가 미쳤니? 넌 날 뭘로 보는 거야?"

"아니 그게 아니라..."

"아니긴 뭐가 아니야!? 너 내가 술집에서
일한다고 날 무시하는 거야 뭐야?"

"아이고 참...그게 아니라니까 그러네...?"

"아니면 뭐야? 나도 교회에 일요일에 나가서 예배
본다구. 뭐 너만 예배 보니? 나 헌금도 많이 내. 아마
우리 교회 잘난척하는 맹집사님보다도 내가 더 많이 낼
걸?"

"참...그게 아니라니까 그러네...? 왜 그래? 왜 또
화가 난 거야, 응?"

"너...말은 안 하지만 내가 다 알아. 나 은근히
무시하는 거 말야! 넌 대학도 나오구 대학원도
나오구...영어도 잘하구... 나보고 어떻하라는 거니? 내
남편은 아이들 셋이나 버려두고 다른 어린 기집애하고
바람나서 생활비도 안 보내고, 난 아이들 셋 데리구서
저기 저 산타모니카 바닷가에 가서 같이 빠져 죽을
수도 없고 말야... 그렇다구 그 인간을 어디서 찾아서

죽여버릴 수도 없고... 아이들은 유치원가야지, 학교가야지...내가 너 처럼 영어를 잘 해서 어디 돈 많이 주는 직장에 취직 할 수 있는 것도 아니고...아이들은 내가 지들 아빠처럼 버리고 도망 갈까 봐 토끼 같은 눈으로 불안해 하면서 내 뒤만 졸졸 쫓아다니구... 누군 그 늦은 저녁에 도깨비 같이 화장하고 팬티가 보일랑 말랑하는 미니 스커트 입고서 술집에 나가서 술 따르고 싶겠니? 너 같으면 이쁜 새끼들 놔 누고 그러고 싶으냐 말야...!?"

"싸샤...네가 내 말을 좀 오해한 것 같아...내 말은..."

"오해는 무슨 오해야...네 말은 지금 그거 아냐...내가 좀 더 촌스러운 아니 싸구려 옷 사고, 아이들도 좀 빈티나도 그냥 대충 입히고 애들 먹는 것도 그냥 김치에 소쎄지나 맨날 먹이고...아파트도 이렇게 안전한 곳 말고, 저기 저 위험 한 동네에 있는 바퀴벌레나 빈데가 우글거리는 더 싼 아파트로 가서 살면서, 술집에 안 나가가고, 식당에서 무거운 쟁반 들면서, 나중에는 손목 직업병 생기는 웨이츠리스 하라는 거 아냐, 지금?!"

"그래!! 맞다! 맞아! 너 맨날 네가 똑똑하지 못하다고 하면서 잘만 알아 듣네. 응?! 너 지금 아이들이 어리니까 그렇지, 너 쟤네들 크는 거 생각 안 해? 너 몇 년만 지나봐... 몇 년이 뭐야? 너, 네 아이들이 모를 것 같아? 네가 밤 늦게 나가서 남자들, 그것도 유부남들 옆에 앉아서 술 따르고 웃음 팔고....너 그거 죄란 말이야, 싸샤야...네가 좀 물질적으로 빠듯하더라도 엄마가 술집에 가서 술 따르는 것 보다 다른 일을 해서 아이들 키우는 게 훨씬 자랑스러운 거야...알아?"

"야! 헬레나! 잘난 척 하지마! 뭐 나만 죄 짓고 사는 거니? 한 번 까놓고 얘기 해 볼까?

변호사들은 한 시간에 적어도 $200 불에서 $400불 벌면서 마치 자기네들은 양심 지키면서 사는 것 같이 양복 빼 입고서 말야...정직하게 사는 거 같아도 안 그러는 변호사들 수두룩 빽빽하더라! 지난 번에 나 차 사고 났을 때 말야, 병원하고 짜고서 가짜 리포트해서 나 얼마 보상금 받았는 지 너 알아?"

"변호사 얘기가 지금 왜 나오니, 여기서?"

"네가 지금 내 직업을 무시하고 있잖아...술집에서 술 따르는 년들은 다 죄인이고, 하얀 화이셔츠에 공부 많이 한 너희들 같은 복 많은 사람들은 신선 짓 하면서 돈 벌고 있다고 말하고 있는 거 아냐 지금?! 응?!"

"싸샤야...네가 그렇게 받아 들였다면, 내가
미안해...난 그런 뜻으로 말한 게
아니였어...미안해....내가 말 표현을 잘
못했나보다....미안해..."

　헬레나의 미안하다는 솔직이 담긴 말 표현에
싸샤는 엉엉 울음을 터 트린다. 죽을 수만 있다면
그러고 싶지만, 싸샤만 의지하고 있는 아이들을 내
버려 두고 모성애가 강한 싸샤는 그렇게 할 수도 없다.

　"엉.......으앙......흑.....앙.........죽을 수만 있다면
그러고 싶어....근데 네가 그랬잖아!!
응....응.....흐.....흑...자살하면 지옥
간다구....아...앙...지옥에 가고 싶진 않아.....물론
여기서도 나의 삶이 지옥이지만 말야....으...앙......"

　싸샤는 헬레나 앞에서 다섯 살 먹은 아이처럼
울음보가 터졌다. 그나마 지금 싸샤의 아파트에서
이야기를 나누고 있어서 망정이지, 만약 바깥 시내 한
복판의 카페에서 이렇게 그녀의 한이 눈물로 터졌다면
감당하기 힘들었을 것이다.

　헬레나는 목 놓아 울고 있는 싸샤를 안아 준다.
그리고 그녀도 같이 뜨거운 눈물로 함께 아픔을 나눈다.
여자의 인생이란 이렇게 조선시대나 지금 21세기나
남자의 한 피해자로서 인생을 사는 경우는

공통적이라는 생각을 그녀는 한다. 더 많은 교육과 더 좋은 음식과 더 화려하고 편안한, 안락한 물질로 가득 찬 이 세상에서도 우리네 인간들이 울고 웃고 하는 이유의 원천은 그 먼 옛날이나 오늘이나 마찬가지인 것 같다.

남자의 욕정이란 것은 대체 어떻게 해야 절제를 시킬 수 있는 것일까? 한 여자로서는 만족 할 수 없는 것이 남자의 기본 욕구일까?

분명 창조주가 아담을 창조하고 여자를 아담의 갈비 뼈 하나로 하와를 짝으로 만들어 주었을 때, 분명 한 명을 만들어 주었는데...그렇다면 한 명이 아닌 다른 한 명에게 또는 또 다른 이에게 마음이 가는 것은 왜 일까? 그러한 끌림이란 어디서 나오는 것일까?

그러한 마음을 어떻게 조절을 할 수 있는 지에 대해서 가르쳐 주는 곳이나 교회는 없는 것 같다. 그저 싸샤와 같은 일이 일어나면, 무조건 남편을 용서하라고...예수님이 우리의 죄를 용서한 것처럼, 그렇게 싸샤를 그것도 아이들 셋이나 버려두고 떠난 그 남자를 무턱대고 용서하라고 하기에는 싸샤가 가지고 있는 구멍 난 가슴이 너무 안타깝다. 그래서 위로도 쉽게 해 줄 수 없고, 오늘처럼, 술집에서 일을 하지 말라고 한 번 권면이라도 하면, 그녀가 받은 상처에서 마치도 피가 흐르는 것처럼 고통스러워 한다.

헬레나와 싸샤는 유치원 동창이다. 어느 날 팜스프링에 있는 아웃렛에서 일 년에 단 한 번 있는 추수감사절 다음 날의 대 세일하는 기간에 마지막 남은 하얀 스웨터를 서로 동시에 집었다가 둘 다 또 동시에 양보했는데, 서로 말을 나누는 사이에 서울 당산동에 있었던 유치원 동창이었던 것을 알게 되었다. 병아리 같은 노란 유니폼을 입고서 다 같이 노란 유치원 가방을 매고서 소풍을 간 날, 다른 아이들은 모두 김밥을 싸왔는데, 헬레나만 김밥을 싸오지 않았을 때 처음으로 싸샤가 말을 걸었었다.

"넌 왜 김밥 안 싸왔어? 엄마가 안 해 줬어?"

"아니..."

"그럼 왜 보통 때처럼 미국 소시지에 김치를 싸왔니? 오늘 같은 소풍날에, 응?"

"응...내가 깜박 잊고서 엄마한테 소풍이라고 말을 안 했어. 오늘 아침에 유치원에 오니까 생각이 나더라구...헤헤..."

헬레나는 기억한다. 싸샤가 싸온 김밥을 같이 나누어 먹었던 그 화사하고 따뜻한 봄날이 기억난다. 맘껏 날으는 새들과 각자만의 향기를 뿜내는 꽃들과,

그 모든 창조물들을 부드럽게 만져주고 가는 꽃바람이 그 때는 있었다. 우리들의 마음은 아직도 그 때와 똑같은 것 같은데 어느새 우리는 그 화창한, 아무런 걱정이 필요하지 않았던, 부모님 밑에서 살았을 때의 알 수 없는 평온함은 어디론가 사라져 버리고, 이제 이렇게 자식 셋과 아내를 버리고 떠나간 남편에 대한 미움에 눌려서, 악착같이 돈 벌어서 아이들을 키우고 지키려다가 생활의 어두움에 자신도 모르게 빠져버린 길 잃은 양이 되어버린 싸샤가 헬레나의 어깨에 대고 눈물과 한으로 호소하고 있다.

　‘너 언제 이렇게 어른이 되었니? 우린 언제부터 이렇게 어른이 되었을까? 언제부터 우린 우리의 깨끗한 동심에서 도망을 친 거지? 우리가 이렇게 자라난 모습이 안 보였어. 그런데, 이젠 조금씩 보이는 것 같아. 네가 겪고 있는 이런 가슴이 애린 일을 같이 바라 볼 때마다 내 가슴도 찢어지고...그리고 이제 조금씩 보이는 것 같아...한 인간에게 행복을 의지 할 수는 없다고 말이야...그런데 말이야, 싸샤야...그런 교훈을 배우기에 겪는 이 경험은 너무...너무 잔인한 것 같아....

싸쌰야....너 그거 알아? 나 그 때 네가 같이 김밥을 먹자고 해줘서 너무 고마웠어...그리구...그 때 그 김밥 진짜 맛있더라...진짜로...'

7

"그래서 ....어디 보자...어디서 일해 봤다구요?"

"아.....저야 비행기 조정하는 거 빼고는 다
해봤어요. 뭐든지...무슨 일이든지 할 수 있어요."

"하하하하....그래요?"

"네."

"그런데...약 15년 정도는 공부를 했나? 일을 안
했네...? 일의 공백 기간이 있네?"

"아...그거요...? 네...제가 몸이 좀 그 때는
아팠어요. 그래서 좀 쉬었어요. 다른 나라, 아!
하와이에 이모가 계셔서...그 때 요양 갔어요."

"그래...그런데 왜 학교는 단기 대학교를 다니다가
중간에 말았어요?"

"아.....네.....이제 돈도 벌고 나중에 기회 닿으면
해야죠..."

이제 조나는 면접할 때에 거짓말 하는 것이
능숙해 졌다. 전에는 솔직하게 15년 동안에는 무엇을
했었냐고 직장을 얻으려고 인터뷰를 갔을 때에는
언제나 감옥 생활을 했었다고 하니까 아무도 그를

채용해 주지 않아서, 이제는 조나는 무조건 그 15년은 있지도 않는 이모가 하와이에 있으며, 그 때 몸이 좀 약해서 이모네에 요양을 갔었노라고 공산당 같이 새빨간 거짓말을 하는 습관에 어느덧 익숙해 졌다. 어쩔 수 없다고 조나는 생각한다. 이 노숙자의 생활에서 벗어 날 수 있다면, 거짓말이던 뭐던 이제는 할 수 있을 것만 같다. 조나는 속으로 지금 조나를 면접하고 있는 페인팅 회사의 실장이 조나를 뽑아 주기를 간절히 바란다. 바라고 또 바란다. 조나는 면접을 보면서도 마치 기도원에서 방언 기도하듯이 속으로 열성을 다해서 기도한다.

'주님, 전능하신 하나님...아시죠...제가 원래는 거짓말 하지 않는 사람인 거요...그런데 오늘은 어쩔 수 없어요...네? 주님...제발...이 안경 쓰고 멸치같이 빼짝 마른 이 실장 아저씨가 저를 뽑게 해 주세요...네? 오 주님...사랑합니다....주여...'

"지금 뭐라고 혼자 중얼거리는 거에요?"

" 아...아네요...아무것도..."

"그래요...뭐 인상도 좋고...무엇보다 덩치가 좋아서 일을 잘 할 것 같네...그래 내일 아침 8시까지 작업복 입고 나와요. 시간 약속 지키고...알았죠?"

"할렐루야!!! 네. 알겠습니다. 감사합니다, 실장님! 감사합니다!"

꿈인지 생시인지 조나는 믿어지지 않는다. 내일부터 페인팅 회사에서 헬퍼(helper)로 일하게 되었다. 어떻게 페인트를 잘 칠할 수 있는지 잘 배워서 진급하여 헬퍼가 아닌 정식 페인터가 되고, 그리고 나중에는 몇 명 거느리면서 조나가 직접 회사를 만들 수 있으니 조나는 너무 행복하다.

야호!!! 나에게도 일이 생기다니!!! 조나는 90도 각도로 면접에서 통과 시켜 준 실장에게 배꼽인사를 너댓 번은 더 하고 그 페인팅 회사에서 나왔다.

조나는 생각한다. 하나님의 자비인가? 분명 거짓말을 했는데 어떻게 뽑혔는지 이해가 사실 잘 안 간다. 와....이건 기적이다. 누구든지 조나가 감옥에 있었다라는 소문만 내지 않는다면, 조나는 새로운 생활을 시작할 수 있다. 그래서 조나가 감옥에 갔었다는 것을 알고 있는 친구들과는 어쩔 수 없이 조나는 연락을 끊었다. 어쩔 수 없는 조나의 처세술이랄까?

그런데 면접에 뽑힌 이 기쁜 소식을 알리고 싶은데 알릴 곳이 없다. 왜냐면 거의 다가 조나의 과거를 알고 있기 때문에, 말을 해서 혹시 조나의 원래

정체가 들어나면 이건 정말 안되기 때문에 조나는
자랑하고 싶어도 일 자리를 잡았다고 자랑할 수가 없다.
그래, 맞아. 치매가 걸린 박씨 아저씨가 있지?
아저씨는 지금 어차피 치매에 걸렸으니까 말을 해도
어차피 나중에 기억하지 못 할 수 있다. 그래...박씨
아씨한테 가자. 조나는 아저씨가 좋아하는 오렌지를
마켓에서 한 프라스틱 봉투에 잔뜩 사가지고 메트로
버스를 탔다. 그래....아저씨가 있었지...나 한테는 박씨
아저씨가 있었지...

오늘 따라 마켓에서 고른 켈리포니아의 오렌지
향이 버스 안을 가득 채운다. 그래 이 향기...오렌지
향기...정말 오랜 만이다. 내일부터 일을 나가니까
오늘은 일찍 자야하는데...내일 아침에 세수와 양치질은
어디서 해야 하는 지 지금 조나의 머리는 바쁘게
돌아간다.

이런 행복이 어떻게 조나에게 찾아 왔는지 조나는
믿기지가 않는다. 내가 담배를 끊어서 일까? 아님
저번에 아씨한테 거금 $10 달라를 들여서 붕어빵을
사가서 일까? 아니면 요즘도 매일 엄마의 꿈을 꿔서
일까?

조나는 이러한 행복의 순간이 다시 찾아 온 것이
마치 천국에 있는 것 같이 기쁘다. 다른 사람들처럼 살

92

수 있다는 것이 그에게 삶에 대한 에너지를 준다.
아...이제 알았다. 그 때 그 날, 칼국수를 먹으러
하사모님 교회에 갔었을 때 기도한 것이 뇌리를 스친다.
그 때 기도 할 때에 조나는 등에서 처음에는
따뜻하다가 나중에는 찜질방의 황토방처럼 뜨거운
열기가 그의 등을 태우듯이 덮은 순간이 기억 났다.
그런데 어쩌지...거짓말을 했다...하나님은 다
아실텐데...그가 거짓말을 한 것을 말이다. 설마 다시
이 잡(job)을 빼앗지는 않으시겠지? 조나는 생각한다.

　　버스 안에는 여러 사람들이 탄다. 어떻게
해서든지 공부를 열심히 해서 기술을 가르쳐 주는 그런
과를 선택해서 단기 전문대에서 공부와 실제 교육을
취득하고 바로 직장에 나갈 수 있는 인생의 경로를
선택하는 흑인이나 라틴계의 학생들이 타기도 하고,
이제 자식들을 다 길러 놓고 두 노인 부부가 건강
진단을 받으러 가까운 한인 의사들이 있는 병원에
갔다가, 한국 음식의 모든 종류와 일본, 베트남, 중국,
이태리, 중동 등등 원하는 먹거리는 뭐든지 골라 사
먹을 수 있는 음식 백화점이 있는 커다란 쇼핑
몰(mall)로 마실도 갔다가 영화 관람도 하는 잉꼬 노인
부부들이 타기도 하며, 어느새 이 곳 미국의 수준 높은
대학교, 대학원 교육면에 있어서 그리고 세이빙(Saving

account) 구좌 면에서 미국의 전체보다 2배나 더
참여하는 한국인이 되었고, 비지니스는 미국 전체보다
약 70%나 차지율이 높아진 한인들이 만들어 놓은,
한국 아시아인들의 경제적이고 문화적인 내공에 감동을
서슴지 않는, 이제는 아시아인에게 매우 존중하는
표현을 하거나 또는 부의 민족이라고 생각하는
백인들이 이 버스에 같이 타기도 한다.

　　　아이러니 한 것이 6. 25 한국 전쟁 이후에 미국에
더 많은 한국인 이민자들이 이 곳 미국으로 왔다지만,
그래서 이 기회의 나라에서 마치도 삶의 터전을 닦은
것이라고 말하는, 한국인을 내심 부러워하는 또는
동경하는 타 민족들의 연구 조사 결과도 있으나, 사실
6. 25 전쟁의 속 이야기를 알고 있는 한국인들이나
미국인, 유럽인들은 오히려 한국인들이 이 곳 미국
땅에서 새로운 작은 나라를 개국함으로써, 현재
21세기의 미국 경제를 도와주고, 미국의 교육 수준의
보그(Vogue)을 유지시켜 주고 있는 장본인이라는 것을
지식층들은 알고 있다. 그러니까 한국에 정치적으로
빚을 진 미국이라는 나라에 한국인들이 와서, 오히려
지금은 미국이라는 강대국을 빛내주는 데에 이곳에
있는 한인들의 끊임 없는 경제의 파워와 다양한 문화의

원동력이 지침 돌이 되고 있다는 것이 한국인의
명철함과 바지런함의 열매로 증거가 되었다.

　　조나는 비록 자신의 인생이 술과 마약 그리고
무엇보다 엄마의 말을 안 듣고, 언제나 반대 방향으로,
제 멋대로 인생을 살아온 결과 감옥에서도 강산이
변한다는 세월보다 더 오래 머물고 있었으며, 비록
노숙자 생활을 하고 있지만, 언제나 그는 그가 한국계
미국인이라는 것이 자랑스럽다. 한국인에게는
'정'이라는 것이 있고, 정의감이 있는 그런 용맹함의
피가 흐르는 민족임을 할머니로부터 배워서 알았다.
조나의 할머니는 언제나 그에게 강조 했던 것이 있었다.
한민족은 축복을 받을 수 밖에 없다고 말이다.
왜냐하면 예수님을 위해서 목숨을 바친 많은 한민족
순교자들의 흘린 피의 귀중함을 하나님 아버지께서는
잊지 않으실 거라고 항상 하셨었다.

　　그리고 할머니는 조나에게 항상 귀에 못이 박힐
정도로 말씀하신 것이 있었다. 인생에서 어떠한 일이
일어나더라도 주 예수 그리스도는 놓치면 안 된다고
말이다. 조나는 알고 있다. 조나가 감옥에서 인생을
낭비하는 죄를 짓고 있는 동안에 이 세상을 떠나신
그의 외할머니는 반드시 천국에 계시다는 것을 말이다.

버스에서 내리니 왠 휠 체어에 앉아 있는 장애인처럼 보이는 사람이 햄버거 집에서 먹고 난 음료수 담는 종이 컵을 그의 동냥 컵으로 쓰고 있다. 그가 돈을 달라고 말하기 전에, 조나는 내일부터 페인트회사에 취직이 된 감사헌금으로 그 장애인인 할아버지에게 $1불 짜리 지폐를 한 장 그 종이 컵에 넣었다. 조나에게는 $1불도 아쉽지만, 이렇게 다른 사람과 부족한 것 중에서 함께 나눌 수 있다는 게 그냥 그로 하여금 어떤 에너지를 느끼게 해 준다. 남들이 보면, 조나는 홈레스라고, 홈레스가 거지를 돕는다고 비웃을 줄 모르지만, 그래도 조나는 이 순간이 그냥 좋다.

오늘은 아저씨가 나를 기억 할까? 그 때 그렇게 아저씨의 두 번째 부인마저 이 세상을 떠났다는 소식에 충격을 먹고서 비록 치매가 되었지만, 그래도 아저씨가 아직도 조나와 함께 이 세상에 존재한다는 것만으로도 그는 감사하다. 그만큼 조나는 외로운 사람일까? 조나는 이제 나이가 한 살 한 살씩 먹어서 그런지 사람이 그립다. 그리고 사람 사는 냄새가 그립다. 물론 노숙자 마을에서도 여지껏 찾아 볼 수 있었지만, 사람들이 한 명씩 두 명씩 어디론가 없어질 때마다 조나는 그 고통이 싫었다.

조나가 한 가지 이해가 안 가는 것은 바로
이혼하는 부부이다. 조나는 워낙에 아빠가 없이 살아서
그런지, 아무리 성격이 안 맞는다 하더라도, 아무리
먹고 사는 것이 힘들다 하더라도, 그래도 두 명이 한
명보다는 낫지 않을까 하는 생각을 가끔 해 본다.
하지만, 동시에 조나의 학교 친구들 중에는 엄마
아빠의 매일하는 부부 싸움 소리와 서로 미워하는
쟁탈전이 너무나도 듣기 싫고 고통스러워서, 일찍 그냥
잠자리를 해버리고는 여자 친구를 임신 시켜서 장가를
든 녀석이 있는데, 신중하게 생각하지 않고 급히
도피용 결혼을 해 버려서 그런지, 일찌감치 이혼 해
버린 동창생도 있기는 하다. 참... 이런 경우나 저런
경우를 보나 왜 이토록 부부가 오손 도손 행복하게
사는 것이 힘든 것인지, 조나는 아직 장가를 안 가봐서
모르겠다.

그래도 한 가지 확실한 것은 아무리 사람이 밉고
가끔은 같이 있으면 짜증이 나거나 화가 난다 하더라도
조나는 꼭 죽기 전에 결혼이라는 것을 해 보고 싶다.
단지 조나가 찾고 있는 여자는 바로 그 여자 천사처럼
길 거리에서 자고, 배를 곯고 있는 사람들에게
샌드위치를 만들어서 물 한 병과 같이 나누어 줄 수

있는 그런, 양심의 상식이 있는 여자라면, 뚱뚱해도
좋고 얼굴이 특히 이쁘지 않아도 될 것 같다.

그런데, 한 가지 걱정은 그의 아내가 될 사람이
아이를 안 낳고 싶어하면 어쩌나 하는 생각을 해 본다.
요즈음 여자들은 남편이 돈을 많이 벌어다 주지 않으면,
아이를 양육하기가 힘들어서 일부러 피임을 하고
아이를 낳기를 꺼린다고 하는데, 그러고 보면,
자신있게 아이들은 3명 4명씩 많이 낳고 있는
히스패닉 계열의 사람들이 이 곳 미국의 흑인들보다 더
오래 전부터 인구의 수가 많아져서, 더 이상 소수
민족이 아닌, 정치적으로 파워있는 민족으로 부상한
것을 볼 때, 정말로 하나님께 의지하고 산다면, 아이를
낳아 기르는 것도 주님께 맡길 수 있는 도 하나의
진정한 믿음이 필요한 것이 아닌가라고 그는 느낀다.

조나가 찾고 있는 색시는 아이도 많이 낳고
싶어하는, 그런 마음이 포근한 여자라면 좋겠다.

조나는 너무 신이 난다. 정말 오랜만에 다시 가져
보는 직장이다. 이 기분을 누가 알까? 아주 열심히
페인트 헬퍼를 해내 보이고 말 것이라고 조나는
다짐하고 또 다짐한다. 그래. 어쩜 이 기회가 마지막
일련지도 모른다. 비록 조나가 면접 했을 때에 그 15년
동안 감옥에 있었다고는 말하지 못했으나, 그의 나머지

인생을 위해서 눈 딱 감고 거짓말을 한 것을 하나님이
용서 해 주시길 바라고 또 바랄 뿐이다.

어느새 박씨 아저씨의 양로원에 다 도착했다.
오렌지를 많이 사왔는데 이 양로원 정문을 열자마자
보이는 프론트 데스크에 앉아 있는 간호사들에게
하나씩 주고 싶지만, 왠지 지난 번 그 헬레나가
그들에게 무섭게 경고 했던 일을 떠 올려보니, 왠지
주고 싶은 마음이 안 생기는 것 같다. 그래서 그는
그냥 "Hi! (하이!)" 하고 인사 하면서 박씨 아저씨가
있는 방으로 들어간다.

"아저씨!!! 저 왔어요!!!'

박씨는 오늘 따라 라디오를 자그마하게 틀어
놓고는 조용히 듣고 있었다.

"아저씨!!! 저 왔다니까요. 조나요!!! 오늘은 뭐 사
왔게---요?"

박씨는 라디오를 듣고 있다가 성가시다는 듯이,

"아!!! 누구야!? 누군데 이렇게 남의 방에 와서
소란이야 소란이!!"

오늘은 박씨가 조나를 알아 보지 못한다.
그렇구나. 조나는 그 동안 한 두 번 있는 일이
아니니까 그냥 모르는 척 한다.

"참...아저씨두...오늘 내가 기쁜 소식 가지고 왔는데...잉...섭섭하네요."

동시에 조나는 오히려 잘 되었다고 생각하기도 한다. 그래야 조나가, 그것도 과거에 15년간 감방 생활 한 사람인 조나가 새로운 직장을 가지게 된 것이 아무에게도 소문이 안 날 것이기 때문에, 오히려 오늘은 더 잘 된 것인지도 모른다고 생각 해 본다. 뭐, 어차피 박씨 아저씨를 방문 하는 사람은 거의 없기는 하지만 말이다.

"아저씨...안녕하세요? 하하하하.....제 이름은 조나라고 하구요. 오늘은 오렌지 좀 드셔 보시죠...? 비타민 씨가 얼마나 많은지요...하하하하..."

"조나? 거 참 어디서 들어 본 것 같기도 하네...아 나는 오렌지 말고, 막걸리나 한 병 받아다 주지 그래, 젊은이, 응?"

"아이고 참...하하하하...지금 무슨 말씀을 하시는 거에요, 아저씨? 아저씨가 술 끊은 거 모르세요? 그리고 의사가 절대 안 된다고 그랬어요. 지금 술 드시면 얼마나 살 수 있을 지 모른다구요."

박씨는 이 이야기를 듣고는 매우 화를 낸다.

"무슨 소리야? 내가 술이 얼마나 쎈 사람인데? 난 끄덕 없는 사람이라구...이 양반아...."

오늘은 평소 때보다 말하는 발음이 더, 훨씬 더
정확하다.

"안 되요, 아저씨...의사가 그랬는데요...아저씨가
하도 술을 많이 드셔서 뇌에 구멍이 뿅뿅뿅 나 있다고
그랬어요....진짜라니까요? 그러니까, 막걸리는
잊으시구요....자 여기 신선한 오렌지, 제가 까
드릴께요..."

'아!! 난 싫어!! 그 까짓 오렌지는 뭐...막걸리 안
줄 거면 어여 가! 보기도 싫으니깐!"

박씨의 말에 조나는 왠지 더 마음이 아프다.
그래도 박씨는 조나가 누군인지 모르는 상태에서
말하고 있는 거니까 그나마 조나는 아저씨를 측은하게
생각하면서 본인의 마음을 위로한다.

이런 것일까? 사람을 봉양한다는 거. 나 아닌
다른 사람과 우정을 가지고 사귄다는 것은 이다지도
인내와 아량이, 그리고 이해함이 뒤 따라야 하는
것일까?

조나는 생각한다. 혹시 '이렇게 변덕이 심한
사람의 마음에 비유를 맞추어 주는 것이 싫어서,
그래서 조나의 엄마는 조나의 아빠와 결혼도 하기 전에
헤어진 것일까' 하고 순간 조나는 엄마를 떠 올렸다.
어느 날, 초등학교 2학년 때, 학교 운동회가 있었던 날,

학생의 아빠와 학생이 한 쪽 다리씩 끈으로 묶어서
함께 빠른 걸음으로 목적지까지 도착하는 릴레이가
있었다. 그런데, 조나는 아빠가 없어서, 조나만 아빠가
아닌 조나의 엄마와 그 경기에서 함께 왼쪽 다리와
오른 쪽 다리를 묶고서 막 같이 뛰어 오다가, 조나
엄마가 그만 발란스를 못 맞추어서 둘이는 그만 운동장
한 가운데서 넘어져 버렸던 장면이 떠 오른다. 그 때,
조나는 매우 창피해 했었다. 나도 아빠가 있었으면...
빨리 못 달리고, 게임에서 져도 좋으니까....나도 다른
아이들처럼 아빠가 있다는 것을 보여 주고 싶은데...
하고 생각했다.

그 날 운동회가 끝난 그날, 조나의 엄마는 조나가
가장 좋아하는 탕수육을 먹으러 중화요리집에 갔었던
것이 떠오른다. 그리고 또 조나가 좋아했던, 간짜장도,
그리고 군만두도 엄마가 시켜 줬었던 것을 조나는
아직도...아직도 기억한다. 그리고는 유난히도 그 날은
엄마가 조나의 눈치를 보았던 것이 생각난다. 그리고
큰 소리로 그의 엄마는 중국집에서 일하는 웨이터
아저씨에게,

"여기 탕수육 빠짝 튀겨 달라고 했는데...
분명히....좀 바싹거리는 맛이 없네요?

그리구 여기 왜 닥광(노란무)를 안 주시는 거에요?
아까부터 달라고 했는데....”

그 때 그 순간의 엄마의 얼굴에서 피어나는 화는,
단무지를 늦게 가져다 주어서도 아니고, 탕수육의
돼지고기가 바짝 안 튀겨져서도 아니었다. 바로 그녀의
혼자 조나를 키우는, 여자로서 또는 엄마로서 엄마
아빠의 역할을 동시에 하고 있는 그녀의 힘에 겨운
삶에 대한 투정이고, 그 동안 참아왔던 것에 대한
그녀의 한이 신경질로 나오고 있음을, 그 어린 나이에
조나는 느끼고 있었다. 조나도 사실은 알았다. 알고
있었다. 가끔가다가 그의 엄마가 부리곤 했던
히스테리는 그녀의 슬픔을 혼자 삭힐 수 없어서, 본의
아니게 다른 삼자에게 그렇게 화가 나곤 했다는 것을
말이다.

그가 그리 좋아했던 탕수육은 그날은 맛이 없었다.
그리고 간짜장도, 그리고 군만두도 맛이 없었다.
왜냐하면....그의 엄마의 남 몰래 흘리는 눈물이 젖어
있어서...그래서 달짝지근 해야 하는 탕수육에서
달콤함은 하나도 없었고, 간짜장면의 톡톡 씹히는
양파도 맥아리가 없었으며, 군만두의 고소한 고기와
부추의 맛도 아주 쓰디 쓴 도라지를 먹는 맛이었다.
그래도 조나는 그 날 절대로 내색하지 않았다.

103

왜냐하면, 그 순간만큼은 조나가 마치 큰 아들처럼,
또는 든든한 엄마의 오라버니처럼 그녀를 위로해
주어야 하는 날이었기 때문이다.

　　그는 어렸지만, 그것을 알고 있었다. 그런데
어느새부터인가 그러한 위로의 역할을 그 어린 나이에
해야 한다는 것이 자신도 모르게 짜증도 나고,
버거워지기 시작했다. 그래서 그는 자신도 모르게
엄마가 하라는 것의 반대로 일부러 행동 했던 것 같다.
그리고 엄마를 미워했던 것은 아니지만, 왠지 엄마의
말에 순종하고 싶지 않았다. 왜냐하면, 그는 적어도,
조나의 엄마가 혼자서 조나를 키우게 된 것은 조나의
탓이거나 책임이라고 생각하지 않았기 때문이다.
그리고 무엇보다 가장 큰 이유는 조나는 힘들게 그를
양육하는 그의 엄마를 보고 있노라면, 어린 나이인데도
마음이 상처에 소금을 뿌리듯 아프고 아프고 또
쓰라렸다.

　　그래서 이 세상을 만들었다는 창조주 또한
원망스럽기도 했었다. 이런 세상을 누가 이렇게 만든
것인지...그가 볼 때는 조나의 엄마는 절대로 나쁜
사람도 아니었고 좋은 엄마였지만, 그래도 그녀를
행복하게 해 주지 못하는 이 세상이 너무 허무 했었다.

지금 조나 앞에서 오렌지말고 막걸리를 갖다
달라고 술이 금지되어 있는 양로원에서 억지를 부리는
박씨를 보면서, 조나는 생각 해 본다.

'내가 이처럼 억지를 엄마 앞에서 부렸을
때...엄마의 심정은 어떠했을까....? 어떠했을까...'

8

"벌써 월급날이에요?"

"그럼, 이주일이 원래 금방 지나가는 거야...조나는 아직 젊어서 세월 빠른 거 모르지?"

"아이...젊긴요...하핳하....와...진빠 신나네요, 감사합니다. 감사합니다!!!"

"나한테 감사말고 사장님한테나 감사드리고 가, 이층 사무실에 계셔."

"네, 실장님."

똑! 똑! 똑!

조나는 사장님의 오피스의 하얀 프렌치 스타일의 나무 문에 노크를 했다.

"네. Come in!"

"아...사장님...감사합니다. 저 오늘 첫 월급 받았습니다. 감사합니다."

"응, 그래...조나. 잠깐 앉아봐."

"네? 네."

조나는 사장님의 큰 고동색 나무 책상 앞에 있는 회색 철 의자에 앉았다.

"뭐 마실래? 커피 아니면 대추차?"

"아, 아닙니다. 괜찮습니다, 사장님."

"그래? 그래...내가 말야 조나한테 한 가지 물어 볼게 있어서, 조실장한테 조나보고 나좀 보고 가라고 했어."

"네...무슨..."

"조나 너... 감옥 갔다 왔어?"

"네?"

"여기 미국에서 감옥에 들어갔다가 나온 적 있냐고..."

"아...왜요? 사장님?"

"솔직하게 말해봐..."

조나는 순간 생각한다. 어디서 사장님이 내가 감옥에 갔었던 사람이라는 것을 들으셨구나 하고 추측 해 본다. 그래...어쩐지...너무 잘 나가는 것 같았다. 그럼 그렇지...내가 무슨 복이 많아서 나 같이 깜방에— 그것도 15년씩이나 감옥에서 굴렀던 사람이 직장을 갖을까? 조나는 이주일 동안에 아무 일도 없었던 것이 오히려 이상했다. 그래, 이미 들켰는데...사장님 뵙는 것도, 이 회사에서 일하는 것도 오늘이 끝이구나하고 생각한다.

"사장님...죄송합니다...제가 속이려고, 또는 숨기려고 일부러 그런 것은 아니고요....하두 직장 잡기가 힘들어서...그래서 그랬습니다. 용서하십시오. 죄송합니다. 속여서 정말, 정말 죄송합니다..."

"그래. 일단 네가 솔직하게 얘기 안 한 것은 잘못 한 거야. 야, 너 옛날에 마약도 하구 그랬다면서...? .나이트에서 웨이터로 일할 때...유명 하던 데? 얼굴도 잘 생겨서 여자 손님들이 웨이터로 너만 지명 했었다면서?"

"......"

"그런데 어떻게 마약을 끊었어?"

"네? 네에........"

조나는 다시 서글퍼진다. 아무리 열심히 다시 갱신해서 살려고 해도, 그 과거의 꼬리표라는 것은 이다지도 끈질기게 쫓아다니는 것이구나를 생각하니, 갑자기 한 동안의 혈기가 다시 스물스물 저 아랫 배에서부터 솟구치는 것 같다.

'이 월급도 치사한데 그냥 던져버리고 나갈까?' 하는 생각도 하고 있다. 이제는 조나의 과거에 하나님 앞에서 죄 짓고 살았던, 암흑의 나라에서 헤메였던 것을 누구든지 들추면, 그냥 소리를 지르고 그 장소를 떠나 버리고 싶은 것이 바로 조나의 마음이다.

'저 .....자르려면...짜르셔도 돼요'라고 말할 준비를
조나는 목 구멍에서부터 준비를 하고 있다. 왜냐면
이제 조나는 새로운 사람이 되려고 하고 있다는 것을
하나님은 알아 주심으로, 혹시 다른 인간들이 알아주지
않는다면, 그것은 조나가 어떻게 할 수가 없기
때문이다.

"조나야!"

"네, 사장님."

"내가 뭐 하는 사람 같으냐?"

"뭐 하는 사람이라니요....?"

"네가 볼 때는 내가 무슨 일을 하는 것 같이
보이냐 이 말이지..."

"사장님이시죠. 페인팅 회사를
운영하시는...그것도 유대인 고객들이 대부분인...그런
회사요."

"그래 맞다. 사장이지. 작은 페인팅 회사의."

"......"

"그런데 내가 사실 본업이 있어."

"본업이요?"

"그래, 본업. 나 원래는 목사한다. 목사다."

"아....정말요? 어?! 전, 전혀 상상도 하지
못했었어요...."

"그럼...회사에서는 사장답게...또 교회에서는 담임 목사답게....그렇게 해야지..."

"그러셨군요...."

"내가 너한테 지금 이 이야기를 하는 것은 너보고 내 교회에 와서 헌금 내라는 것이 아니고..."

"....."

"난 좀 특수 사역을 하는 목사야. 사역이란 말 알아? 사역? 영어로 하면 미니스트리(ministry)."

"네...알아요, 사장님...아니 목사님..."

"음...내가 조나한테 좀 부탁이 있다, 사실은."

"부...탁이요?"

"그래."

"무슨... 부탁이요?"

"너 나랑 같이 미니스트리 한 번 안 해 볼래?"

"제가요? 어떻게요? 저 같은 사람이 무슨....목사님하구 사역을 해요...?"

"아니....그건 네가 몰라서 하는 소리고....난 내 회사의 직원들 위해서 매일 기도를 올리는데, 주님께서 마음을 주셨어..."

"....."

"조나를 사역자로 양성하라고 말이야..."

"네....?"

"내가 지금 하고 있는 사역이 바로 마약 중독, 알코올 중독자들인데...그들을 조나가 좀 도와 줄래?"

조나는 이게 왠 꿈인가, 본인의 얼굴을 꼬집어보고 싶다. '나 같은 사람이 이런 안정된 회사를 운영하면서 담임 목사님이신 분으로부터 사역 제의를 받는다는, 이것은 또 다른 역사적인 사건이라고' 그는 감격에 당황이 동시에 교차하는 것을 느낀다.

그래....조나는 생각한다. 나를 주님은 버리시지 않으셨구나....날 버리시지 않으셨어....나 같은 인간 쓰레기라고 생각했던 내가...이런 사장님...이런 목사님 한테 오히려 중독자들을 중독에서 빼내는 것을 함께 돕자고 프로포즈를 받을 줄이야....조나는 상상하지도 못했다.

그냥 하목사님 교회에 칼국수 먹으러 냄새 나는 옷을 입고도 얼굴에 철판 깔고 교회에 가끔 다닌 것이 전부인 나에게....그것도 주님께서 그렇게 사역자로 키우라고 하셨다니....조나는 믿기지가 않는다....나 같은 쓰레기 같은 사람을...주님이.... 주님이... 기억하셨구나....

조나는 눈에서 뜨거운 눈물이 마구 흘러 나온다. 계속 나온다. 이렇게 사람 앞에서 인간다운 대접을 받아 본지가 너무도 오래 되어서...이런 자리에 익숙하지도 않을 뿐더러....왠지 창피하다...하지만 기쁘고 기쁘다.....내가 다른 사람에게 필요한 존재라는 것이...너무 기쁘고 기쁘다......

조나는 사장의, 아니 목사님의 제의에 대답하지 않은 채, 눈물로 순종의 응답을 대신하고 있다....

그래...주님이...날 버리시지 않으셨구나....내가 마약을, 담배를 끊은 것처럼....그들에게 그 길을 보여 주라는 거구나....조나는 진주 같은 눈물을 하염없이 흘린다. 그것도 모르고 자존심만 살아 있던 조나는 이 월급 봉투도 멋있는 척 하면서 사장 앞에 던지고서, '이제 일 안 하면 될 거 아니에요!' 하면서 이 사무실을, 이 회사를 나가려고 했는데 말이다.

"죄송해요, 사장님... 아니... 목사님... 거짓말 해서... 죄송해요... 너무... 너무 일하고 싶었어요... 다른 사람들처럼요....죄송해요...제가 잘못했습니다.."

조나는 그 동안에 인생을 살면서, 자신의 슬픔과 외로움을 진정으로 만져주고 토닥토닥 해 주는 목사님을 만난 적이 별로 없었던 것 같은데...그저 그들은 성경 내용만 죽 늘어만 놓았지...조나의 이 상처를 싸매주지는 않았던 것 같은데....무엇이 이 목사님으로 하여금 날 신뢰하게 할까? 조나는 궁금하다. 난 겨우 2주 밖에 일하지 않았는데, 그리고 그 2주 동안에 내가 깜방 출신이며, 마약에 알코올 중독자였던 것을 알았을 텐데, 어떻게 날 믿지? 단지 하나님께서 나를 사역자로, 중독 사역자로 만들라는 한 번의 목소리에 날 이렇게 받아들일 수 있는 것인가? 원래 목사라는 주의 종은 이렇게 사람을 잘 믿어도 되는 것인가?

지금 이 사장 목사님의 조나에 대한 제의는 그냥 한 번 지나치는 말로, 또는 우스개 소리로 하는 말같지가 않았다, 조나는 감동했다. '이렇게 벌레 취급만 받아왔던 내가 이러한 사람으로, 더군다니 나같이 마약, 술 중독에 눌려살고 있는 자들을 같이 살리자니...' 꼭 예수님이 제자를 뽑으실 때 같다고 그는 생각한다. 그리고 이 사장목사님의 조나를 대하는 태도는 마치도 우물가의 여인에게 대하셨던 주님의 마음, 그리고 세금 걷는 일을 했던 돈 많은 삭개오와 함께 대화를 나누고, 밥을 먹는, 그 장면들이 떠올랐다. 그리고 조나의 마음은 무엇보다 뭔가 따뜻한 것에 감싸여 있어서, 이제 앞으로는 무슨일이 닥칠지라도 견디어 낼 수 있을 것만 같은 그런 기분이다. 그것은 왜냐하면, 누군가가 조나를 인정하고 믿어 주는 일은 너무나도 오래된 옛날의 일이기 때문이며, 조나가 원했던 것은 아마도 이것이였는지도 모른다.

9

"자, 이 강의는 원래는 여러분도 알다시피 2주
전에 시작 했지만, 학장님의 특별한 허락으로 새로운
신입생을 여러분과 같이 강의 들을 수 있게 해
주셔서...잠깐 인사하고 시작할까요? 조나 리 (Jonah
Lee), 앞으로 나와서 자기 소개하세요."

"안녕하세요? 저는 조나 리라고
하구요...음...이렇게 여러분하고 같이 신학대학교에서
공부할 수 있게 된 것을 정말, 정말로 영광으로
생각하는 사람입니다. 제가 완전히 하나님의 역사로,
어떤 회사에 취직을 했는데요...그 회사의 사장님이
알고 보니 목사님이시더라구요...그런데 어느 날, 첫
월급 날에 함께 사역을 해 보지 않겠냐고...그 목사님은
중독자들을 인도하시는 특별 사역을 하시는데...사실
저도 과거에는 마약 중독자였거든요...아무튼, 저 같은
사람을 이런 학교까지, 더군다나 신학 대학교에 넣어
주신 그 사장 목사님과, 그리고 저 같은 부족한 사람을
받아주신 학장님, 그리고 저의 이야기를 이렇게 경청

해 주시는 학우 여러분께 진심으로 감사의 말씀을
전합니다. 많이 가르쳐 주세요. 감사합니다."

조나는 말을 어떻게 시작해서 어떻게 끝냈는지
기억이 나지도 않을 정도로 사람들 앞에서 자기 소개를
하고 자기의 자리로 왔다. 몇 년 동안 길거리에서
자면서 샌드위치 왔다고 먹으라고 깨워주는 샘과,
그리고 홈레스 마을의 이장 영감님 리처드, 그리고
누가 먹을 것을 가지고 오면, '나는 걷지 못하는
노인네니까, 당신들이 받아다 달라고' 앉은뱅이 흉내를
내었던 그 흙인 할머니, 그리고 맨날 오렌지 주스와
보드카를 섞어 마시다가 발작을 일으키는 샨 노인네,
언제나 흑인과 백인의 차별의 문제만을 토론 하던
토니....그 사람들이 지금 이 모습의 조나를 보면
뭐라고 생각할까? 그들은 지금 이 저녁 시간에 벌써
텐트를 치고, 조용히 흘러내리는 달 빛을 잔잔한
스탠드 불 빛으로 삼고서 잠을 지고 있겠지? 아직도
저녁 시간은 쌀쌀한데....저녁들은 건너 띄지 않았는지
궁금하다. 그들이 나의 이 모습을 보면 뭐라고 할까?
뭐라고 할까? 분명히 박수 쳐 주겠지? 조나는
창피하게 첫째 날 수업시간부터 또 눈물이 난다.
아...참...창피하게...아까 보니 이쁘게 생긴 여학생들도
있던데....그래도 아직도 조나에게는 그 양겨자가 좀

많이 들어간 햄과 치즈, 그리고 토마토와 오이도 가끔씩 들어갔었던 그 샌드위치를 만들어다가 사랑을 전해 줬던 그 여자 천사가 더 예쁜 것 같다. 그녀가 내가 이렇게 이런 깨끗하고 신선한 모습으로 신학교의 강의실에 앉아 있는 것을 본다면, 뭐라고 할까? 그녀는 지금 어디서 뭘 하고 있을까? 혹시 지금도 샌드위치를 가지고 내가 살았던 그 홈레스 골목으로 찾아 오고 있지는 않을까? 난 이제 거기, 그곳에 없는데 말이다.

그녀가 그리워진다. 보고싶다. 그리고 꼭 물어 볼 거다. 그 때 왜 떠날 때만 되면 다이야 같은 눈물을 흘렸냐고 말이다. 그리고 꼭 말해 줄 것이다. 마스터드, 양겨자가 많이 들어 가서 훨씬 맛있었다고 말이다. 그리고 꼭 그녀를 만나면 물어 볼 것이다. 그 때 그 사건은 어떻게 되었냐고 말이다.

"수업 어렵지 않아요? 아까 보니까 한국말보다는 영어를 더 잘하시는 것 같던데..."

까만 플라스틱 테의 안경을 걸쳐 쓰고, 입술에는 쥐 잡아 먹은 듯한 새 빨간 립스틱을 바른 한 여학생이 수업이 끝나자 조나에게 다가오며 말을 건넨다.

"아...네...아무래도 한국말이 어렵긴 하죠... 많이 가르쳐 주세요."

"난, 에스더 박이라고 해요. 반가워요."

" 네...반갑습니다. 조나 리입니다. 몇 학년이시죠?"

"음...이제 일년 과정 남았어요."

"아...그럼 저의 선배님이시네요."

"대단하시네요. 중독자들 특수 사역을
하신다니...그 사역 진짜 인내심 없으면 못한다고
하던데 말이에요."

"아이구 무슨...이제 시작인데요, 뭘. 아직
아무것도 몰라요, 저는..."

"전, 청소년 사역해요. 특히 이혼 한 가정의
아이들 상담 사역 하지요."

"그러시군요."

"자...간식들 준비 되었으니까...간단히들 먹으면서
하지...오늘은 조나 리(Jonah Lee) 학생을 추천하신
유목사님이 조나 리 신고식 한다고 만두하고 떡볶이
보내오셨어요. 그리고 20분 후에 다음 강의
시작합니다."

같은 반에 있는 나이가 많이 들어 보이는 권사님
한 분이 얘기 하시는 간식 안내에 조나는 깜짝 놀랐다.
어느 누구도 이렇게 조나의 어깨를 들석하게 만들어 준
사람은 조나의 엄마 말고는 없었다. 조나의 이름으로
페인팅 사장이자 목사님인 유목사님이 이렇게 조나의
기를 살려주다니....이 학생들이 내가 노숙자였다는

118

것을 알면, 나를 왕따 시킬까, 과연? 라고 조나는 생각
해 본다.

박씨 아저씨가 그렇게 병자 아닌 병자가 되고
났을 때, 조나는 마치 아버지를 다시 잃어버린 것 같아
마음이 무너져 내리는 것 같았는데....하나님은 이 처럼
다시, 나에게 아버지의 역할을 해 주는 유목사님 같은
분을 보내 주셨구나... 조나는 또 생각 해 본다.
인생에 있어서 한 번 만난 사람들이 계속 오랫동안
지속이 안 되는 것에 대해서 조나는 언제나 의아한
적이 많았다. 왜 사람은 한 번 알고 나면 계속해서
끝까지 만남이라는 것을 이어가는 것이 아닐까? 왜
무엇 때문에 사람들은 만나고서 또 헤어지게 될까.
그냥 헤어짐 없이 계속 같이 삶을 같이 하면 안 되는
것일까? 그는 그것이 언제나 궁금하고 또 그 만남과
헤어짐의 원리라는 것이 너무나도 적응하기에 어려운
과제이며 연구 제목이 아닐까 여겨왔었다.

박씨 아저씨만 해도 그렇다. 따뜻한 그 아저씨를
계속 아빠처럼 심적으로 의지하고 싶었건만, 어느새
박씨 아씨는 조나의 인생의 궤도에 있어서 후반부의 한
인물이 되어 버린 것 같다. 그런 것인가? 하나님께서는
사람들을 마치 물갈이 하듯이 바꾸게 하시고, 그리고는
또 다른 새로운 사람이 가지고 있는 그 아름다움을

나누게 하시는 구나. 이제는 조나의 기대나 계획과는 상관 없이 하나님께서 구세주 같은 유목사님을 통해서 일자리도 얻고 이렇게 언젠가는 다시 공부를 다시 하고 싶었던 것을 하나님께서 어떻게 아셨는지 이렇게 깨끗하고 하나님을 사랑하고 있는, 눈이 반짝 반짝 빛나는 사람들과 하나님에 대한 공부를 하게 되는 입장에, 위치에 넣어주신 창조주가 갑자기 너무나 멋진 분이라고 느껴진다.

그렇구나....인생이라는 것은 오래 살고 봐야 하는 것인게로구나...내가 순간적으로 괴롭다고 할지라도, 그 순간이 절대로 다가 아니구나...조나가 감옥에서 동성연애자들의 추근덕거림에 너무나도 힘들었을 때, 그 때 그는 감옥에서 자살을 생각 했었다. 어느 날 그는 칫솔의 끝 부분을 조나의 침대 아래에 있는 시멘트 땅에다 대고 갈고 갈아서 빼쭉하게 만든 다음에 그것을 늘 감옥에서 그의 보디가드로 가지고 다녔었다. 그래서 몇 명의 동성 연애자들이 그에게 접근을 하려고 할 때는 '너 죽고 나 살자'는 마음으로 그 날카롭게 갈아 놓은 칫솔의 끝을 칼 대신으로 사용하며, 그의 몸을 보호 한 적이 여러 번 있었다.

"Hey! Tie this bitch up!" (야! 이 새끼 몸 묶어!)

"OK!! Come on baby!" (오케!! 자기야 이리와!)

"This son of bitch!! What the hell you guys are fucking doing now?

You wanna die? Huh?"(이 개새끼들!! 너희들 씨발 지금 뭐하는 거야? 죽고 싶어? 어?!"

"That's my line, this fucking idiot!! You wanna die here, huh?" (야! 씨발!! 그건 내 대사거든, 이 병신아!! 너 여기서 죽어서 나가고 싶어, 어?")

그는 감옥에서 동성연애자들로부터 그의 몸을 지키기 위해서 목숨을 걸고 싸웠고, 또 목숨을 걸고 그의 몸을 지켰던 그 악몽을 다시는 꾸고 싶지 않다. 다시는.

그 때, 그렇게 그의 몸을 방어하는 데에 힘들었을 때에, 그는 이 세상에서 살고 싶지 않았다. 그러나 그를 애타게 기다리고 있었던 엄마를 위해서, 그는 그 암흑의 감옥에서 나오는 날만을 손 꼽아 기다리고 기다렸었던 것이다. 그러했던 그 자신에게 이렇게 새로운 삶의 문이 열릴 줄은, 그 때 그 프리즌(prison)이라는 지옥에서는 상상 하지도, 또는 감히 기대하지도 못했다.

그런데, 이상하게도 바로 그가 감옥에서 나온 날, 이미 조나의 엄마는 아무런 연락도 없이 그야말로 물거품처럼 사라졌다. 엄마가 살았던 아파트에도 가

보았지만, 또 엄마가 운영 했었던 작은 미장원에는 이미 다른 주인과 사람들로 차 있었다. 엄마는 나를 기다리다가 지쳤을까? 내가 지긋지긋해 져서, 어디론가 떠난 것일까? 아님 어디 심하게 아프기라도 해서 나한테 짐이 될까봐 그래서 날 떠났을까? 난 이렇게 다시, 무사히 돌아 왔는데...엄마는 어디 갔지? 이렇게 죽지 않고 이제는 제대로 한 번 자식 노릇 할려고 이렇게 왔는데...왜 엄마는 없지? 미장원 팔아서 이제 경제적 능력이 없어서 나한테 기대고 싶지 않아서...내가 불편할까봐 그랬나? 엄마...어딨어? 왜 갔어? 응? 나 여기 다시 왔어....엄마!

그래도 매일 매일 그 똑같은 꿈 속에서 조나는 엄마를 만날 수 있어서 행복하다. 지금 이 모습은 엄마가 예전에 조나가 미국에 오기 전부터 그녀가 그렸던 모습이었을지도 모른다. 왜냐하면 로마 카톨릭이었던 조나의 엄마는 언제나 그에게 신부님이 되라고 말하곤 했었다.

"조나, 너 엄마 소원이 뭔 줄 알아?"

"뭔데?"

"엄마는 네가 커서 신부님이 되었으면 좋겠어. 로마 칼러를 한 신부님 말야. 그리구...사람들이 하나님께 죄를 고백하면서 울면서 상담을 할 때는 말이야...이렇게 이야기를 해 주는 거야..."

"뭐라구...?"

"당신의 죄는 예수 그리스도의 피로 다 용서 받았습니다....하고 말이야...알겠어?"

"예수님의 피로 어떻게 사람의 죄가 용서가 되는 건데...?"

"음....옛날에는 말야....사람들이 양이나 비둘기 같은 동물을 제사장한테 가지고 와서 말이지, 그 사람들의 죄를 가지고 온 동물에게 전갈 시키고서...그리고 그 사람 대신에 그 사람의 죄를 전해 받은 동물을 죽여서 불에 태워서 번제사를 하느님께 드렸어...그러니까 그 사람의 죄가 그 동물의 생명의 죽음으로, 그 피로 사함을 받았거든...그런데....이제는 그렇게 양을 통해서 그 때 그 때 죄를 사함 받는 것이 아니라, 이제는 하느님의 외 아들이신, 죄가 하나도 없으신 예수님이 우리 모두의 죄를 그 옛날의 양처럼 대신 짊어지고 그분의 피로써 우리의 모든 죄가 용서를 받는 거야...그 대신에..."

"그 대신에...뭐...?"

"조나!! 조나 형제님!! 조나 리 형제님!!"

벌써 간식 먹는 휴식 시간이 끝나고서 다음 강의 시간이 되었는데, 조나는 자기도 모르게 감빡 잠이 들었다. 역시 오랜 만에 하는 공부라서 졸립고 피곤하다. 그런데, 이 잠깐 사이 십분 동안에 엄마의 꿈을 다시 꾼 것이 조나는 무엇보다 기쁘다. 왠 일로 지금 막 꾼 꿈은 엄마가 빨간 신호등에 뛰어 드는 조나를 혼내는 것이 아니라, 조나에게 크면 신부님이 되라고 이야기 나누었던 꿈이다.

"샬롬!"

"샬롬!"

"지난 한 주간 잘 지냈어요?"

"네!"

"그럼 우리.....기도하고 시작할까요? 어디 보자...어.....! 안 보이던 새 얼굴이 있네? 형제님 이름이 어떻게 되죠?"

막 엄마와의 꿈에서 깬 조나는 낭낭한 목소리의 새 교수님의 목소리에 정신을 차린다.

"거기...하얀 난방에 권색 자켓 입으신 형제님? 수업 시작하기 전에 기도 해 주시겠어요?"

"아...저요? 휴...."

조나는 내심 걱정이다. 오늘 수업 첫 날인데 기도를 너무 못하면 창피를 당할 텐데 말이다.

"저...영어로 해도 될까요? 교수님?"

"Sure, why not?" (그럼요. 되지요.)

"Lord, thank you for creating us...and thank you so much for creating us even now in daily lives as well. We would like to acknowledge you more and more...we do not know what your love is...and we do not know how we can express your love to others, our neighbors... teach us and lead us...we are here for you, in Jesus name, Amen."

(주님, 우리를 창조 해 주셔서 감사합니다. 그리고 우리를 매일의 삶에서 지금도 만들어가 주시니 너무 감사합니다. 당신에 대해서 더욱 더 알고 싶습니다. 우리는 당신의 사랑이 무엇인지 잘 모릅니다. 그리고 우리는 당신의 사랑을 다른 이웃들에게 어떻게 표현해야 할 지도 모릅니다. 우리를 가르쳐 주시고 인도 해 주시옵소서. 저희가 여기 있나이다. 예수님의 이름으로 기도 합니다, 아멘.)

"아멘!!"

다 같이 큰소리로 조나의 기도 끝에 아멘으로 화답했다. 조나는 놀랐다. 이렇게 남들 앞에서, 그것도 신학교의 선배들 앞에서 기도가 이렇게 거침 없이 나올 줄은 기대하지 않았었다. 본인이 기도하는 것 같지 않은 이 느낌은, 마치 지난 번 하목사님 교회에서 눈물 흘리며 기도 하던, 그 뜨거움과 비슷했다.

조나의 기도가 끝나자마자 강의실 안에 있는 학생들은 모두가 다 '와우'하면서 감탄 해 주었다. 아무래도 거의가 다 한국어가 모국어라 그런지 조나의 오리지날 영어 발음에 감탄들을 한 것일까. 어쨌든 조나는 기쁘다. 그가 지금 기도 한 데로 하나님은 한 번 창조 하시고 끝나시는 분이 아니라, 매일 매일 우리의 삶 속에서, 우리의 변화 속에서 역사하신다는 것을 그는 조금씩 알 것만 같다. 그리고 조나는 이렇게 방금 학생들이 "와우"하고 감탄사를 보내 준 것처럼, 칭찬을, 인정을 받아 본지가 참 오랜만인 것 같다. 이것이 하나님을 믿는 사람들의 특징일까? 그는 생각 해 본다.

"자, 오늘은 남자와 여자에 대해서 이야기 해 볼까?"

깔끔하게 단발머리를 한 여 교수님이 학생들에게 말을 건넸다.

"자....남자와 여자에 대해서 말하기 전에...먼저, 윤리학에서 무엇이 중요한지 아는 사람?"

"하나님의 눈으로 판단하는 거요."

"좋아. 또?"

"성경에 맞추어서 사는 거요..."

"좋아....또 다른 대답?"

"음...뭔가를 선택 해야 할 때, 더 많은 이의 이익을 추구하는 거요."

"음...그것도 하나의 경우는 될 수 있지. 또?"

"용서하는 것을 배우는 거요."

"좋아...또 다른 대답....?"

"마태복음 5장의 마음이 가난하게 사는 것을 배우는 공부요.."

"아주...좋아요...자, 그럼 오늘은 이 윤리학 시간에 말이지, 남자와 여자가 결혼 전에 혼전 관계를 해야 한다고 생각 하나? 아니면 안 된다고 생각하나?"

갑자기 학생들이 대답하기가 부끄러운지 아무도 대답하지 않고 조용하다.

"왜 그렇게 다들 꿀 먹은 벙어리가 되었나용?"

여 교수가 이어서 설명한다.

"난, 말이야...너희들이 실질적인 윤리, 실질적인 신앙 생활을 하는 데에 나한테서 배우는 것들을 써먹었으면 해. 무슨 말인지 알아? 여기서 학비 내고 공부하고, 머리만 커져서 나가는 것이 아니라, 즉, 너희들이 이론만 배우고 나가는 것이 아니라, 나중에, 아니 지금, 오늘부터 여기 학교에서 배운 것들을 너희들의 인생에 실천하지 않으면, 말장 도루묵이야.
너희들의 인생에 또 다른 사람들의 실생활에 하나님의
가르침이 전해지고 또 그것이 인간들의 문화를 전환
시키고...그리고 우리의 다음 세대들이 우리들의
변화들을 보고, 그들이 우리의 행동을 보고, 우리의
행동과 삶의 변화를 보고서 비로서 희망 있는,
가능성이 미래가 되는 거지...혹시 이 중에서 부모님이
혼전 관계를 해서 태어난 사람 있으면 손들어 봐요."

"저요!"

"하하하하하..."

어느 남자 학생이 큰소리로 솔직하게 마음을
오픈하자, 나머지 학생들도 깔깔거리며 웃기 시작한다.

"자...내 말 잘 들어봐봐...애들아...그래...너희
부모님들 중에는 혼전 관계를 하신 분들도 있고 안
하신 분들도 있고, 또, 너희들 중에서 이미 결혼한
사람 중에서 혼전 관계를 한 사람도 있고 안 한 부부도
있을 거야...그치?"

"넵!"

결혼을 이미 해서 아이가 넷이나 있는 한 졸업반
남자 전도사님이 대답했다.

"어느 미국의 윤리학자는 이렇게 말했어. 남자와
여자와 하나님은 삼각 관계라고 말이야."

"삼각관계요?"

"음, 삼각관계. 그러니까 우리가 누구와 데이트를 하던지, 또는 누구와 결혼을 하던지 하나님 아버지께 기도를 하고, 물어본 다음에 해야 한다는 거지. 그러니까 남녀의 가운데서 하나님의 허락이 있어야 그 여자, 남자하고 데이트도 하고, 결혼도 하는거지..."

"교수님...그런데 그 이론은 요즘 우리 같은 시대에는 좀 안 어울리지 않나요? TV나 영화에서 그리고 있는 현대인의 삶에서 요즈음은 섹스가 완전히 초등학생까지도 문화적으로 번져서, 여자 친구 남자 친구 사귀는 거와 또 혼전 관계는 물론 하나의 문화가 되어가고 있어요..."

"그래...그것은 지금 현재 이 포스트 모던의 사람들의 성에 대한 가치관 그리고 현재 일어나고 있는 현상을 설명 해 주고 있는 거고...우리는 여기서 우리 현대인들이, 그 동안에 잘못 가고 있었던 것에 대한 부분을 하나님의 기준으로 보고 토론을 해 보자는 거야."

그리고 그 여자 교수님은 계속해서 설명을 한다.

"만약에 너희들이 결혼 전에 어느 남자나 여자하고 성 관계를 가졌다고 하자, 응? 그런데, 그

남자와 여자가 꼭 결혼을 하니? 그러디? 한 번 누가
얘기 해 봐."

　"음...제가 본 어떤 경우는 임신이 되어서 어쩔 수
없이, 아니면 기쁨으로 결혼하는 경우도 봤구요...또,
어떤 경우는 남자가 몸을 섞었던, 그 여자 친구와
결혼하지 않고 그냥 속된 말로 가지고 놀다가 마치
버리는 것처럼 보이는 경우도 있는 것 같아요...교수님."

　"그래...또 다른 경우를 나눠 줄 사람?"

　"제가 어떤 친구를 한 명 아는 데요...그 친구는
엄마랑 단 둘이서 살아왔던 친구에요. 그런데 그
친구는 아빠가 누구인지 본 적도 없고, 만나 본 적도
없도, 또 그 친구 엄마가 아빠가 누구인지 말도 안 해
주나 봐요. 나중에 그 친구가 이해할 때가 되면 말해
준다고 말이죠...그런데 그 친구를 보면, 참 마음이
아파요. 많이 외로와 보이고, 또 그 친구의 엄마 또한
한 여자로서 매우 외로운 삶을 산 것 같아요...전 잘은
모르겠지만, 소위 책임을 질 것이 아니라면, 즉,
결혼해서 서로가 사랑하면서 가정을 이룰 것이
아니라면, 결혼 전의 성관계는 안 해야 된다고
생각해요. 그 친구는 아빠도 없이 얼마나 다른
친구들이 부럽겠어요, 아빠가 있는 친구들 보면서..."

조나는 자기도 모르게 본인의 속에 있었던 것을 풀어 놓았다. 그대신 본인의 이야기가 아닌 것처럼 '내가 알고 있는 친구'라는 표현을 빌려 쓰면서, 그의 몇 십 년 동안 쌓여 있었던 하고 싶었던 말을 조금 풀어버렸다.

"그래요...아주 좋은 의견을 내 주었어요. 고마워요. 그래....사람이란...사람이란 책임을 질 줄 알아야 하는 데...그 책임이라는 것은 하나님에 대한 순종에서부터 시작이 되는 거야. 그래서 내가 먼저 나를 지으신 하나님을 사랑하고, 그 분으로부터 충만한 에너지를 받고, 그분으로부터 내가 가야 할 길, 즉 어떠한 달란트를 내게 주셨으며, 어떠한 사람을 만나서 그 달란트를 어떻게 함께 쓸 것인가에 대해서 벌써 청사진이 그려지는 거야. 그런데, 만약 여러분이 하나님의 여러분에 대한 생각과 계획에 대해서는 관심 없이 그저, 여러분이 이성적으로 끌리는 사람과 데이트를 하거나, 또는 섹스를 하거나 그러면, 그 순간에는 그것이 달콤하거나 좋을 지는 모르지만, 사실은 에덴 동산에서 쫓겨나는 기간을 갖게 되지."

"에덴 동산에서 쫓겨나는 기간이 무슨 뜻이에요, 교수님?"

"하나님은 여러 남자나 여자하고 성관계를 맺는 것을 원하시지 않는 분이야. 하나님은 하나님이 여러분에게 지시 해 주신, 예를 들어, 아담은 하와 하고만, 그것도 결혼 후에 성관계를 갖는 것을 원하시지.

우리는 예수 그리스도의 보혈을 너무나 싸구려로 취급할 때가 많아. '내가 죄를 져도 뭐...주님의 보혈로 용서 받으니까...괜찮겠지...'이 생각은 하나님의 영이신 성령님의 생각에서 나오는 것이 아니야. 바로 마귀가 가져다 주는 생각이지."

"그런데요...교수님. 제가 남자로서 볼 때, 사실은 성욕을 이긴다는 것은 그리 쉽지가 않은 것 같아요. 그리고 결혼을 막상 할 준비도 안 되었는데, 결혼을 서둘러서 한다는 것도 현실적으로 좀 무리라고 생각해요."

"그래요. 아주 솔직하게 말 해 줘서, 고마워요. 돈 때문에, 많은 사람들이 결혼을 안 하거나 미루거나 하는 거지. 그게다 하나님의 전능하심에 의존하는 것보다, 오히려 내 은행 구좌 안에 들어가 있는 돈, 나의 장래를 바쳐 줄 것만 같은 직장, 그리고 나를 밀어줄 수 있는 부모님이나, 어느 사람에게 의존하는 것 등등, 지금 우리 사회는 말이지, 현대는 인간의 능력을 더 믿고 있어서, 하나님께 구하고 그 응답을 받으면서 필요한 것을 채워 나가는 관계가 이미 손상이 되어 있는 시대에 살고 있어. 그래서 지금 사람들은 하나님을 그저 종교적으로 내가 무언가가 필요할 때, 그 필요를 기도 하면 채워주는 어떤 그런, 우상적인 하나님으로 이미 생각들을 하고 있는 게지..."

"그런데...교수님. 남자들이 특히 메스터베이션(masturbation), 자위하는 것은 윤리적으로 어떻게 보시나요?"

"학생 이름이 뭐지? 아주 좋은 질문을 해 줬어요! 그래, 야한 영화에도 나오지, 특히나 남자들이 자위 행위 하는 것 말이야. 그것이 주님 앞에서 죄일까 아닐까? '너희 몸이 성전인 것과 너희 안에 성령이 거하는지 알지 못하느뇨?' 라고 성경에 나오는 것처럼, 우리 몸은 성령님이 와 계신 성전이라는 거지. 물론 예수님을 구세주로 믿고 고백할 때 선물로 진리의 영이신 성령님을 주시는데, 성관계는 부부가 하는 것이고, 결혼 후에 하는 거야. 그게 하나님의 관점이고 디자인이야. 그러니, 자위 행위는 하나님의 계획과 디자인에 맞지 않는 하나의 역리가 되는 거지. <나의 천국과 지옥의 여정 1> 첫 번째 이야기란 책을 보면, 작가가 지옥에서 본 것 중에, 어느 남자의 오른 손목을

자꾸 마귀가 자르는 형벌을 받고 있더래....그래서 그
사람의 죄가 무엇이었냐고 예수님께 여쭈어 보니까,
"자위"를 한 사람이었다고. 그러니, 우리가 얼마나
주님의 관점과 다른 시대에 살고 있는 지 짐작 하겠지?
　　"성관계는 하나님이 부부에게 주신 선물"이라고
어느 학자는 말하지. 바로 성관계란 아름답고 거룩한
것, 그리고 부부가 결혼으로 결합 된 후에 하는
것인데...여기서 내가 여러분에게 아주 중요한 영적
비밀을 하나 알려주고 싶어. 너희들 기억나니?　군대
귀신이 예수님에게 어느 "젊은 남자의 몸에서
나가라"는 예수님의 명령을 듣고는, "그럼 저 돼지
속으로 들어가게 해달라"고 간청하는 것이 나오지,
마태복음에? 자, 그 이야기에서 우리가 알 수 있는
영적인 비밀이 뭐가 있을까? 바로 악령, 마귀는 사람의
몸이나 동물의 몸에 들어갔다 나갔다 할 수 있는
비물질적 존재라는 것인데 말야....중요한 것은 그
원리는 그 때나 지금이나 같아. 그래서 만약에 너희가
결혼 전에 어느 남자와 또는 여자와 혼전 관계를 갖게
되면, 무슨 일이 일어나느냐? 바로 그 남자나 여자가
가지고 있는 안 좋은 영, 예를 들어서 미움의 영,
우울의 영, 혈기의 영, 질투의 영, 자살의 영 등등, 그
섹스한 남자나 여자아이의 몸에 숨어 있는 마귀의 영이

너희의 몸으로 "옮겨진다"는 과학적인 사실이야.
그래서 수 많은 사람들하고 성관계를 갖는 창녀,
창남과 같은 직업을 자진 사람은, 영적으로 보면, 그
몸 안에 여러가지의 악령들이 같이 살아. 하다못해,
영적으로 예민한 영성가들은 일부러 다른 이에게 손을
얹고 기도를 안 하는 사람들도 있을 정도야. 그래서
신체와 신체의 접촉을 통해서 그 상대방 안에 있는
아까 말한 그러한 영들이 오고 가고 할 수 있다는 거지.
그래서 성경적으로 예를 들어보면, 창세기 3장에서
무슨 일이 있었지? 하와가 뱀과 대화를 나누다가
혼미해지고, 하나님께서 주신 약속의 말씀이 흐려지는
것을 볼 수 있지? "선악과를 먹으면 정녕 죽으리라"
에서, 하와는 뱀과 대화 가운데, 뭐야? "선악과를
먹으면 죽을까 하노라"라고 하나님에 대한 언약에
대해서 흐려지는 것을 볼 수가 있는데, 사람이
"말"(Word)을 나누는 것도 사실은 "영"(Spirit)을
교환하는 거나 다름 없는 거거든. 그렇다면,
성관계라는 것은 어떻겠어?"

　　"그럼 교수님, 부부는요? 부부도 만약 안 좋은
영들을 가지고 있을 때, 영의 교환이 될 수 있겠네요?"

　　"그렇지. 그래서 사실은 영적으로 볼 때, 항상
기도하면서, 성경 말씀으로, 또 회개로 자신의 영

청소를 해야 하는 거야. 윤리학에서 시작해서 영성학으로 끝나네, 오늘은?

자....그래서 요점은말야, 하나님의 계명, 말씀을 지키지 않을 때는, 이미 소위 '불법을 행하는 자'가 되어서 일상 생활에서도 '하나님이 선악과를 먹지 말라'는 명령에 불순종 할 때는 이미 영적으로 에덴 동산에서 쫓겨 나가는 것이 되는 거야. 그렇게 되면 열심히 뭔가를 추구하고 성실하게 살아도, 내가 어느 부분에 있어서 주님이 거 놓으신 선을 넘어가 버리면, 가시와 엉겅퀴의 삶이 기다리게 되는 거지..."

"교수님이 말씀하시는 것이 정말이라면, 참, 매우 따르기가 힘든 것 중에 하나이네요...."

"그래...그래서 예수님을 따르는 것이 좁은문일까?"

"교수님, 그럼 어떻게 해야 결혼 전까지 주님 앞에서 나의 정욕을 절제하기 위해서 할 수 있는 방법은 뭐 없을까요?"

"그것도 아주 질문 잘했어요. 우리가 십계명이 있을 때 말이야. 하나를 어기게 되면, 사실은 또 다른 하나를 어기게 되는 그런 현상이 일어나는 거 여러분 알아요? 그러니까, 예를 들어서 내가 부모님의 말씀을 항상 무시하고 업신여기는 사람이라면, 사실 그 사람은 하나님의 말씀 또한 업신 여기는 사람이라는 거야.

그래서, 내가 만약, 주님은 나의 몸을 나와 결혼할 배우자를 위해서, 또 하나님이 주신, 또 하나님의 부활의 영인 성령이 머무르고 계신 이 몸을 결혼 때까지 지키라고 했을 때, 그것을 지키지 못한 사람은, 하나님이 주신 다른 명령 또한 지킬 수 없는 사람이라는 거지. 음....엔 티 라이트(N. T. Wright)라는 윤리학자는 이렇게 말했어. 만약 우리가 바이올린 키는 것을 연습하면, 우리의 뇌의 특정 부분이 발달을 하게 되어서 다음에 바이올린을 연습 할 때마다 그 실력이 늘게 되어 있는 것처럼, 우리가 만약에 세금 보고를 할 때에 거짓말을 하기 시작하면, 역시 뇌의 한 부분이 그것을 습관으로 받아들여서, 우리가 결혼을 한 이후에도 배우자를 속이는 행동을 해도 그렇게 양심에 꺼리기는 것을 못 느끼게 된다라는 거지. 우리 왜 한국 옛날 속담에 그런 말 있지요? '바늘 도둑이 소 도둑 된다'는 말처럼, 우리가 하나님의 말씀 하나를 어기면, 그 다음에 다른 말씀들도 어기는 것이 매우 쉽게 행동으로, 그리고 습관이 되어 버려서, 나중에는 인생이 완전히 하나님과 머나먼, 그러니까 항상 물이 세는 항아리가 되는 거지..."

"더 실질적인 방법은 없나요?"

"예수님도 말씀하신 것처럼 금식과 기도로 내가 주님께서 원하시는 체질로 될 수 있어. 일주일에 하루나 이틀의 한끼를 정해서 금식하면서, 본인이 약한 부분에 대해서 성령님의 힘으로 이기게 해 달라고 기도하면 언제가 본인도 모르게 다른 사람으로 되어 있는 것을 알 수 있을 거야. 꼭 성욕뿐만이 아니라, 술, 담배, 마약, 그리고 혈기등등도 그렇게 꾸준히 할 때, 자신에게 성화의 진행됨을 느낄 수 있을 거야. 물론, 성경 말씀도 읽어야 되겠지? 우리의 성령의 검이니까 말이야."

조나는 오늘 처음 들어보는 강의이지만, 모든 것은 하나로 연결되어 있다는 것을 알았다.

그래서 '내가 온전하니 너희도 온전하라'고 말씀하신 것일까. 그리고 조나는 놀라웠다. 하나님의 말씀을 안 듣는 자들은 부모님의 말씀도 듣지 않는다고...그리고 모든 것은 하나로 연결되어 있다고...그리고 "세는 항아리"는 꼭 조나를 두고 하는 말 같았다. 그렇구나...어느 한 곳이라도 세면, 어느 하나의 하나님 말씀을 무시하는 것은 다른 말씀 또한 무시하게 되는 습관을 만드는 것이구나....

인생에 있어서 숨겨졌던 비밀을 알게 되어서 그는 날아갈 것 같다. 왜 그의 인생이 이렇게 한참을 돌아

왔는지, 언제나 이해할 수 없었는데...이제는 그
엉켰었던 실타래를 하나씩 하나씩 풀어가는 기분이
든다.

그는 감사하다. 그리고 행복하다. 숨겨졌었던
법칙들을 알아가니 그의 영혼이 되살아 나는 것만 같다.

그랬다. 하나님은 아직도 그를 포기하지 않고
계셨다.

10

이제는 제법 바람에서 꽃 내음이 물씬 풍긴다. 왜 여자도 아닌 남자인데도 조나는 봄 바람의 온도와 그 촉감, 그리고 흐드러지게 핀 꽃들을 보면, 어디론가 떠나고 싶은 충동을 느낄까. 이제는 새로운 인생이 조금씩 한 페이지씩 연결되어 있음으로, 그는 이제 뭘 하던지 신중하게 생각하고 기도하고, 그리고 무엇보다 그를 지어주신 주인인 하나님께 모든 하나하나를 여쭈어 보고 가야 주님께서 준비하신 축복의 길, 그리고 무엇보다 평강의 길을 갈 수 있다고 알 게 된 것 같아, 기쁘고 또 기쁘다. 이것이 바로 아이가 엄마의 품 안에서 젖을 빨고 있을 때의 그 평온함이 아닐까, 그는 생각한다. 이렇게 영혼적으로 평안했던 적도 그리 많지 않았던 것 같은데....그는 이런 것이 바로 행복이구나를 느낀다. 하나님의 존재를 항상 생각하며, 하나님과 인생을 함께 걸어가면, 적어도 위험한 샛길로는 빠지지 않는다는 것도 알게 되었고, 무엇보다, 그가 평안을 갖게 된 이유 중 하나는, 그 동안 그의 인생에서 벌어졌던 수 많은 어두운 일들의 주관자는 바로 그의 고집 불통과 하나님의 말씀이나 권유를 무시했던 그 자신이라는 것을 깨달았다. 그랬구나...그는 하나님이 자기 자신을 버린 줄로만 알았는데...사실 알고 보니 그 자신이 자발적으로 에덴동산의 바깥으로 뛰쳐나가려고 무던히도 애를 썼다는 것을 또한 깨달았다. 그리고 그가 그 동안에 그의 인생에 있어서, 일어 났었던, 또는 그가 선택할 수 밖에 없었다고 스스로 본인에게 체면술을 걸었던 것은 바로 그의 환경에 대한 불만이었다. 조나는 후회한다. 좀 더 일찍이 인생에 대해서 알았다면, 그랬다면, 그가 그의 엄마에게 더 마음 편안하게 잘 했을 거라는 후회 아닌 후회를 한다.

'엄마는 가슴이 얼마나 아팠을까?' 그가 15년 동안에 감옥에서 살면서, 엄마에게 편지도 잘 하지 않고, 그저, 그가 아빠 없는 싱글맘의 자녀로서 살아 온 것에 대한 한을 일부러 그의 엄마에게 감옥에 있을 때, 편지를 거의 하지 않음으로서 한 편으로는 엄마에게 그리움에 대한 복수를 하고 싶었었는지도 모르겠다.

이제, 그가 주위의 여러 사람들로부터 관심과 인정과 사랑을 받으면서, 그의 일그러지고 꼬였던 마음이 조금씩 풀리는 것을 본인이 느낀다. '지금 나의 엄마는 어디에 있을까?' 그는 미치도록 엄마가 그립다. 이제는 조나가 빨간 신호등에 건너려고 할 때, 그의 엄마가 조나의 엉덩이를 때리면서, 그를 혼 냈었던 그 꿈도 더 이상 꾸지 않는다.

깡패의 두목이 시키는 데로 그는 24시간 편의점에 권총을 들고 가서 돈, 얼마 되지도 않았던 그 현찰 200달러를 훔치느라고, 그리고 그를 잡으려는 편의점의 매니저를 그 총으로 쏘아서, 그는 장작 15년이라는 긴, 기나긴 세월을 감옥에서 지냈다는 것이 아직도 후회가 되고, 그의 그런 제멋대로의 삶의 스타일 때문에 얼마나 많은 사람들의 가슴을 못으로 찌르는 아픔을 주었는지를 생각하면, 지금도 어디 쥐구멍으로 들어가고 싶다. '나의 엄마는 어디에 있을까?' 지금은 조나가 엄마가 원했던 것처럼 신부님은 아니지만, 주님의 일을 하기 위해서, 이 세상의 소금과 빛으로 작게나마 한 몫을 하려고 이렇게 변화 된 모습을 엄마에게 보여주고 싶은데....엄마가 이제 그의 옆에 있지 않다.

조나가 프리즌(prison)에서 나와서 엄마에 대해서 수소문 했을 때, 어느 식당의 주인 아줌마가 얘기해 주었었다.

"니, 지난 번에... 법원에다가 '항소'인가 뭔가 혀서... 15년으로 줄여져서 니가 감옥에서 나올 수 있었던 거 아녀...니 엄마가 그 유능한 변호사 비용 갚느라고, 나중에 그 미장원 판 거여...."

'어떻하지? 이렇게 불효자로 시작해서 불효자로 끝을 낼 수는 없는데....' 그의 가슴에서 피눈물이 나온다. '아....이거였구나....아쉬움....뭐라고 말을 할 수 없는 바로 이 안타까운 마음이 바로 그 눈물이었구나...샌드위치를 주고 나서 갈 때가 되면 언제나 울었던 그 여자 천사가, 하얀 손등으로 잽싸게 훔치며 흘렸던 그 눈물이 바로 이 아쉬움의 눈물이었구나....

그랬구나...나의 엄마가 '너 이 엄마가 죽는 꼴 보고 싶어?'하면서 나의 엉덩이를 때리면서 빨간 신호등에는 건너면 안 된다고 그렇게 소리지르며 울었었던 나의 엄마의 그 눈물이 바로 이거였구나...'

그는 인생을 다시 한 번 돌이킬 수 있다면, 그럴 수만 있다면, 다시 살아보고 싶다. 너무나도 그렇게 하고 싶다. 그렇지만, 이젠 그의 옆에는 엄마도 없고 옛날의 박씨 아저씨도 없어졌다.

그렇다면, 이제 그의 옆에 남아 있는 것이란 무엇이며, 누가 그의 곁에 남은 것일까. 그는 생각하고 또 생각한다.

이제 그는 신호등이 있는 횡단보도에서 빨간 불이 파란색으로 바뀔 때까지, 가만히 서서 기다린다. 이젠, 기다릴 수 있을 것 같다. 전처럼 욱했던 분노도 어디론가 없어진 것 같고 이젠 피우지 않으면 짜증이 났던 담배도 생각이 나지 않고, 하루에 한 병씩은 먹어야 했던, 맥주나 보드카도 생각이 나지 않는다. 왜일까. 전에는 싱글맘으로 그를 키우고 그의 존재도 알지 못한 채 어디선가 살고 있을 조나의 얼굴도 못 본 아빠에 대한 증오로, 또 그 증오에 대한 화풀이로 삼았던, 술, 마약, 그리고 담배, 그리고 어린 여자 아이들과의 방탕했던 생활들이, 시간이 지나고 나보니, 그의 아픔을 위로 했던 것이 아니라, 오히려 그를 새까만 시궁창 물 속으로 밀어 넣고 있었다는 것을 이제야 알았다. 이제야 알았다.

그 여자 천사 같이 마음에 드는 여자를 만났어도, 전과 15년이라는 홈레스로서는 엄두도 나지 않는, 인생의 끝을 참 무식하게도 이 똥고집을 가지고 교만의 초상화를 그려가며 살아온 인생이다.

조나는 또 가슴으로 울어 본다.

'아.....그렇구나...내가 맞다고 생각하는 것은 맞는 것이 아니었구나...나를 지어 주신 창조주 하나님이 맞다고 하는 것이 옳은 것이며, 그래서 하나님 안에 머물러야 하는 것이구나...아, 그렇구나....인간이란 내 안에 성령으로 찾아와서 나의 길을 안내 해 주시는 그분의 목소리를 들으면서 살아야 하는 것 이었구나....아...그렇구나....그저 내가 길거리에서 텐트 치고 잠을 마음껏 잘 수 있으며, 하루에 두 끼라도 얻어 먹을 수 있다면, 그리고 매달 정부에서 $220불이라는 돈이 나오면, 난 그것으로 족하고 살았는데....먹고 자고...하는 것만이 다가 아닌 게로구나....아...그랬구나....인생이란 누구와 함께 인생을 함께 걸어가느냐가 중요한 것인데, 나의 분노와 혈기와 불만으로는 이미 하나님께서 주신 보석 같은 존재들을 잃어 버릴 수 밖에 없게 되는구나...

그래서... 그래서, 그래서, 나의 창조주가 이렇게 말했구나.

사랑하라고. 그리고 용서하라고.'

신호등 불이 있는 찻길이 보이는 베이커리에 앉아서 조나는 따뜻한 초콜렛을 마시면서 빗 방울이 투명한 유리창을 한 번, 두 번 노크하는 것을 바라본다.

"미안해요...오래 기다리셨죠, 조나 목사님?"

146

나의 천사가 내게 늦어서 미안하다고 오른 쪽
눈으로 살짝 윙크를 날린다.

빨간 신호등(The Red Signal)을 줄이면서.......

이 소설은 제가 미국 켈리포니아, LA 지역에서 홈레스 다민족 사역을 한 것을 바탕으로 쓴 각색 소설입니다. 그러나, 중심 중심에 있는 실제 이야기들을 생각하면서 글을 쓸 때마다, 그들에 대한 마음이 아팠고, 또한 우리 인간의 본성과 죄성 그리고 하나님의 말씀과 인도에 반항하는 저 밑 바닥에 깔려있는 우리들의 자유의지에 대한 고집과 무모함, 동시에 순종하고 싶어하는 인간만의 고뇌를 여러분과 나누고 싶었습니다.

이 소설에 등장 해 주신 인물들에게 심심한 사랑과 감사의 표현을 올립니다. 거리에 있는 친구 분들에게, 계속 그 곳에 가서 인형극, 샌드위치 나누기, 예배 보기 등등 계속 함께 하지 못했던 부분을 용서해 주시기를... 양해를 구합니다.

그래도 저의 가슴 속에는 저에게 주셨던 선물들, 그리고 나중에는 예배 때 성경책을 들고 나오셨던 그 모습들 그리고 눈물들...함께 원을 만들어서 기도 했던 그 순간들을 저는 잊지 못할 것입니다. 다시 한번, 끝까지 여러분을 섬기지 못했던 것을 용서하여 주시길 바랍니다.

함께 하늘나라에서 만나길 기도합니다. 여러분은
사랑이 있는, 사랑을 아는 멋진 사람들입니다.
　　주 예수 그리스도의 이름으로 사랑합니다.

From: Hae Sun Hong... Helena ♥♥♥

CPSIA information can be obtained at www.ICGtesting.com
Printed in the USA
LVOW05s0058141114

413636LV00003B/155/P